青年学者文库 **7**

文学批评系列

# 跨文化视野下的晚清小说叙事

## ——以上海及晚近中国现代性的展开为中心

曾攀 著

中国言实出版社

**图书在版编目（CIP）数据**

跨文化视野下的晚清小说叙事：以上海及晚近中国现代性的展开为中心 / 曾攀著 . -- 北京：中国言实出版社，2016.2

ISBN 978-7-5171-0267-0

Ⅰ . ①跨… Ⅱ . ①曾… Ⅲ . ①古典小说评论—中国—清后期 Ⅳ . ① I207.41

中国版本图书馆 CIP 数据核字 (2015) 第 026430 号

**出 版 人**：王昕朋
**责任编辑**：史会美
**封面设计**：王立霞

**出版发行**：中国言实出版社

地　址：北京市朝阳区北苑路 180 号加利大厦 5 号楼 105 室
邮　编：100101
编辑部：北京市海淀区北太平庄路甲 1 号
邮　编：100088
电　话：64924853（总编室）64924716（发行部）
网　址：www.zgyscbs.cn
E-mail：zgyscbs@263.net

**经　销**：新华书店
**印　刷**：北京温林源印刷有限公司
**版　次**：2016 年 6 月第 1 版　2016 年 6 月第 1 次印刷
**规　格**：889 毫米 ×1194 毫米　1/32　7.125 印张
**字　数**：160 千字
**定　价**：34.00 元　ISBN 978-7-5171-0267-0

CONTENTS

# 目录

# 绪　论

## 跨文化与小说叙事

晚清小说《海天鸿雪记》的开头有这么一段话："上海一埠，自从通商以来，世界繁华，日新月盛，北自杨树浦，南至十六铺，沿着黄浦江，岸上的煤气灯、电灯，夜间望去，竟是一条火龙一般。福州路一带，曲院勾栏，鳞次栉比，一到夜来，酒肉熏天，笙歌匝地。凡是到了这个地方，觉得世界上最要紧的事情，无有过于征逐者。正是说不尽的标新炫异，醉纸迷金。那红粉青衫，倾心游目，更觉相喻无言，解人艰索。记者寓公是邦，静观默察，觉得所见所闻，虽然过眼烟云，一刹那间都成陈迹，但是个中人离合悲欢，组织一切，颇有可资谈助的。"①该小说为吴语文本，由二春居士编成，南亭亭长评，最初由《游戏报》分期刊出，光绪三十年（1904年）《世界繁华报》出版单行本，共20回。从小说开端的这段话中，透露出了几个关键的信息，那就是上海1843年开埠以来，其"繁华"与"世界"接上了轨道，都市文化的现代化程度"日新月盛"。小说中所提到的煤气灯、电灯是现代化进程中的物质表征，纸醉金迷的精神凋零与火树银花的繁华景象则是相生并存。红粉青衫所代表的是倡人与传统知识人的交互苟且，但是这种关系又是掺杂了"心"与"目"的主体性参与。而寓于这一切的核心，便是"征逐"二字，其中的失落与快感、

①见《中国近代小说大系 中国现在记 海天鸿雪记 活地狱》，第191页。

恨仇与爱慕、跌落与浮升，所在颇多。

正如《海上繁华梦》所指示的，在中国小说与晚清历史的彼此融汇中，"繁华梦"所折射出来的心理期许、欲望征象及精神症结，都通过《海天鸿雪记》中所谓的"记者"而得以付诸文字和文本。值得注意的是，无论是对"过眼烟云"、"一刹那都成陈迹"之雪泥鸿爪的记录，还是对于海上之繁盛"梦魇"的召唤和勾勒，其中所代表的，是聚焦于晚清的都市想象与文化建构。无论是记录还是勾勒，都体现出小说描述晚清的上海状貌的形式化努力。不仅如此，这个过程还呈现出了文本世界及其在具体的都市语境中所对应的虚幻而充实的人、抽象而实在的物以及在特定的叙事伦理和书写形态中形成的历史。米凯尔·杜夫海纳说："文学作品的特点，也是它与报道、科学著作或哲学论文相对立的一点，就是文学作品的意义，内在于作品的语言和形式结构中。由于意义和风格是分不开的，所以，它具有事物的密度和不透明性。"[1]在历史现实与社会人心所对应的小说语言与叙事结构之间，究竟将激荡出怎样的形象与形式，这是问题的中心；黑格尔在《美学》中说："理念与形象能互相渗透融合为统一体。"[2]因而在此基础上，本书还试图宕开一境，在意义与语言、内容与形式的相互包孕和对应的理念基础上，根据语言与形式中所凸显出来的集体/个体无意识与时代/主体的欲望与伦理旨向，指出晚清小说的上海叙事所代表的叙述者及其所呈现出来人物/历史的无意识欲望与时代征候/症候；而这一切的讨论，都是以跨文化为现实和理论视野，进一步探究在世界性浪潮激荡下的都市语境中，晚清小说中的上海叙事所呈现的"意义"及其所映射和构建之"意义"的语言形式。

本书通过对各式晚清小说进行文本解读，也偶会涉及一两部民

---

[1] 胡经之等编：《二十世纪西方文论选》第3卷，北京大学出版社1989年，第79页。
[2] 黑格尔：《美学》第2卷，朱光潜译，商务印书馆1982年，第24页。

初的作品,如《歇浦潮》等。试图以跨文化为理论视角,结合晚清的都市上海中所形成和呈现出来的世界性因素进行探讨,不仅将晚清的都市语境与当是时的小说文本进行对接并加以辨析,而且指出中外文化交汇中形成的工业化和现代化浪潮对现代化转型的影响和促进。不仅如此,本书还试图结合晚清的小说,指出所谓的"跨文化"并非是不言自明的,因而本书题目将 "跨文化语境"与晚清小说的上海叙事两者并列,而不是简单地将"跨文化"作为一种既定的背景式的存在。因为本书试图探讨的是渗透于晚清小说的叙事形态与语言形式之中的"跨文化"要素,尤其是寓于其中所形成的独特的人物形象、话语方式和结构形态,在历史现实与社会人心所对应的小说语言与叙事结构之间,呈现出了怎样的形象与形式。因而在语言与意义、形式与内容的对应、呈现和融汇中,探究晚清小说的叙事语言与结构类型所凸显出来的都市的集体 / 个体无意识,并且切入时代主体的欲望与伦理纠葛,指出其中所展现的叙述者及其所呈现出来人物 / 历史的时代征候 / 症候。

而要实现以上的探讨,所要解决的问题则在于"跨文化"的意涵和指向在晚清的小说文本中是以何种形态呈示出来的,不仅如此,在跨文化语境中都市想象的建构,其所代表的是晚清小说怎样的叙事尝试和形式化过程,其中又体现出了都市上海怎样的集体 / 个体无意识与时代 / 主体的欲望和伦理旨归。

文本则首先在文献资料上进行深入的阅读与挖掘,由于晚清的小说已经有不少学者论及,那么这里采取的策略一方面是在理论方法上的新的尝试,即用跨文化的视角探究晚清小说中的上海叙事,另一方面则是通过更多文本上的探索和分析进行突破,或在前人讨论的基础上另立新意,或在以往研究注意不够或没有注意的小说文本中进行挖掘。事实上,晚清的小说文本所反映的历史层面和社会范围是极为广泛的,其所触及的话题与内容也并非简单的分类所能涵纳,所以本书的论述虽然主要以常见的类型进行章节安排,但是具体分析上又是具备灵活性的,这样既有利于本书结构的明晰,同时又不窄化小说文本本身的丰富性与复杂性。

具体而言,绪论主要以跨文化的视角,切入晚清小说的叙事话语和形式类型,指出小说在晚清所产生的新的变化,即在传统中国根深蒂固的等级制,在这一时间的上海发生了动摇,原本牢不可破的纵向等级意识,不仅在政治领域,而且在文学/艺术层面 也产生了动荡,小说的出现可以说成为等级制松动的表征;而取内部的等级观念而代之的,便是"跨文化" 现象的生成,这是在异文化植入的情况下产生的新变,对晚清的小说产生了极为重要的影响。

第一章主要是以谴责题材的小说为讨论的中心。通过聚焦晚清小说中对权力政治和社会症结的审视,指出小说如何通过叙事语言和形式结构,对所谓的"怪现状"加以"现形","怪现状"与"现形记"往往是互为表里的,两者重叠之处所在甚多,在此将其统作一谈,目的在于指出晚清的小说在谴责与揭示社会历史之"怪现状"时所采用的"现形"方式,也即如何通过小说介入现实,通过"形"来描述"状",进而触及小说的叙事话语、言说策略与伦理旨向。而综观晚清的小说,除了《官场现形记》、《二十年目睹之怪现状》这两部重点谈及的作品之外,还有《绅董现形记》、《商界现形记》、《商界鬼蜮记》、《近十年之怪现状》等在题材尤其是叙事形式上,有着许多共通之处的作品,都指出了所谓的"怪形状"是如何"现形"的。

第二章则是以烟粉或谓狭邪题材的小说为讨论的重心。主要涉及的是晚清小说中的此类小说文本,当然也不局限于此,在解读和分析过程中,也将触及其他类型的小说,而不是执拗于单一固化的小说类型。包括以下几章的分析亦采取这样的论述方式。"上海梦"所指示的新的结构形态,其实质就是一种空洞而巨大的容器,能够涵纳欲望、想象甚至是幻觉,甚至还可以融汇基于这种种因素产生的沉思、言说和批判。两种结构形态存在着内在的叠合，这就意味着，一方面，这种重合标示着近代时间段中上海梦的两个主要面向；另一方面，都成了上海历史与文学现代化的重要表征。而所谓"繁华梦"中的"列传"，其实表达的便是晚清小说的形式美学问题。

第三章重点关注的是历史题材小说的叙事形态。主要以历史小说，或涉及晚清之"史"的小说为文本依托，不仅涉及社会政治的正史，而且还包括日常生活史以及精神世界的情感史。主体的抒情以及借主体营造抒情的形式，这是晚清的小说游离于虚实，在主体与客体之间穿梭，并通过自我与他者、国族与个体、历史与当下、边缘与中心的话语转换，从而令叙事的触角得以最大可能的延伸，令历史叙述饱满和丰腴，并在人物主体记录上，形成所"记"之"史"。

第四章则以世情小说为中心，提出都市上海社会各阶层之间往往存在着某种特定的程式进入小说的叙事轨道，这固然与此一时段小说身上肩负的历史使命有关，但也在相当程度上映射出了晚清上海的社会现状与文化生态。在上海这座走向现代化的城市中所体现出来的社会分工日益明确、社会阶层分化日趋显豁以及各阶层的文化样式和思维形态逐步形成并稳固下来的过程中，以都市人群中的阶层为聚焦对象，对他们的文化生态和生存状态进行细致的分析，将有利于立足都市上海对其进行各个层级的梳理，这样不仅能够对现实中的城市现代化发展与小说虚构和想象的城市样貌进行对照，而且还能够从中探析出小说采取的言说策略和语言形式。

第五章主要涉及的是晚清小说中的重要题材之一的科幻理想小说，其主要是对"奇"的着意和聚焦，可以说形成了小说叙事的重要一维。此类小说，一方面是立足于过去与现在之中国，对"未来世界/中国"加以憧憬和构建。另一方面则是抹除时间的界限，从现实世界和日常生活中抽离开来，形成一个时间之外的乌托邦理想图景，揭示出其中所体现出来的对中国历史尤其是在晚清之际所生发出来的诸种时间意识的重新整合和再思。

结语部分则探讨晚清小说中的时间意识和进化观念，尤其是集中于"现在"与"未来"及其所指示的传统中国、现代中国和理想中国的区隔与关联，以此揭示晚清小说的叙事语态及修辞形式，尤其是在对时间上应该将中国置于何种历史，又将走向何种未来，由此生发出来的现下中国与理想中国的内在龃龉，共同构成了晚清小说叙事的内在动力。在此基础上总结晚清历史中所裹胁着的中外文化的世界性因素，指出其包孕在小说叙事中的语言结构、符码特征和文体修辞的运用之中，不仅撤除简单的主题评价与艺术得失，而且揭示出小说叙事背后所收束、折叠或者展开的言说逻辑、话语策略、叙事伦理以及时代无意识的欲望旨向与形式结构特性。

## 第一节 小说的新变：
## 等级制的松动与跨文化态势的形成

　　以往对晚清小说的研究，主要集中在以下几个方面，其一，晚清小说与传统文学的联系，尤其注重晚近小说继承古典小说的传统，在中国小说的演变发展中形成特定的叙事脉络。这一方面最具代表性的无疑要属鲁迅的《中国小说史略》。其二，报刊等新的传媒手段对近代小说的印刷发行与流通传播的影响。关于这一点，阿英的《晚清小说史》较早地作出了阐述，之后得到了诸多学者的认同；其中，以陈平原、夏晓虹等研究者对近代小说和期刊的研究成绩卓著。其三，是在对史料和证据倚重的前提下，加强对小说文本的阐析，如胡适对《海上花列传》作者等因素的考证，同时代的刘半农也对此用力甚勤。其四，到了当下，则是以苏州大学范伯群所领衔的通俗文学研究蔚为风尚，而以通俗文学中心并且提出"比翼齐飞"和"多元共生"等研究理念，则使得一直以来备受压抑的通俗小说得以恢复其本来之价值。此外，海外汉学对晚清小说的研究，也蔚为壮观。汉学家韩南也时常注重史料发掘与史识并进的方法，推进了中国近代文学的发展；而王德威、李欧梵、米列娜等海外中国文学研究者，提出了近代小说的现代性命题，尤其是王德威的《被压抑的现代性》，更是开一代的风潮，将晚清小说的地位提到了一个前所未有的境界。不仅如此,在对近代小说所进行的叙事艺术和形式结构的研究方面,陈平原则开风气之先,而在研究近代小说的都市叙事(尤其是以上海为坐标中心的研究)方面,则以熊月之、栾梅健、袁进、邱明正等学者为代表,在梳理晚清历史观念、重新设定中国现代文学的起点以及在充分的史料基础上建构起近代文学史脉络等方面,作出了不同的努力。

而对晚清小说的涉及,如果从纵横两项进行考察的话,不难看出,既有纵向的注重其传统文学的因源沿袭,为中国小说的古今推演提供纵向的线索;同时也有横向的对西方因素介入的研究,主要集中在翻译小说、留洋学生、传教士文学、新式学堂等方面的探讨。本书则试图为晚清小说的研究提供一个跨文化的视角,而所谓跨文化,不仅接续以往相对成熟的文学史发展理念,提供一种延续性的研究思路,而且更为重要的是以破除中西、古今的二元对立为理论方法,结合近代中国的世界性因素及其多文化交互的历史语境,在这种情况下,指出"跨文化"不仅是一种社会背景或文化现象,这里论及的所谓"跨文化",指的是在晚清中华帝国的历史语境中,中外文化的汇聚交流所激荡出来的世界性因素,也即在工业化和现代化浪潮冲刷下,中国的观念意识与认知系统所经历的现代化转型。不仅如此,如果结合晚清的小说文本,"跨文化"的提出,并非作为一种现实存在不言自明,而是渗透于晚近中国的小说的叙事形态与语言形式之中,形成独特的文本表征。其中所呈现出来的传统与现代、主体与他者、内省与外扩,又反过来说明了寄寓于彼一时段的一种由表及里又由内而外所浸润的跨文化因素。

本书则意图回归文学本体,从小说叙事中的语言与形式入手,主要讨论现代小说的形式化努力与理论自觉过程中的若干问题。这其实在晚清小说创作中,就已经发端。或有提到小说修辞与形式方面的探索,但是只是局限于对于晚清小说理论的探讨范围,并没有结合具体的小说作品进行剖析和阐说。例如郭洪雷《中国现代小说修辞的理论自觉》中就提到晚清到"五四"小说修辞的演变问题，其将重点落在了1922年郑振铎与沈汝卓关于小说的"写"与"做"的讨论上，而对晚清小说形式化的探索轻轻带过，更没有结合具体小说作品进行对照式的分析。而陈平原的《中国小说叙事模式的转型》与《中国现代小说的起点——晚清小说研究》，则是从叙事模式的角度出发，仅仅是对文本宏观的把握，虽然也有许多有价值的论述，但毕竟对文本的关注较少，尤其是通过文本的细读，从小说的叙事语言与人物的言说的细微之处着眼，从情节的转圜处以及形式的艺术选择中的微妙之处入手，则是其著作中涉及较少的。

而文本不仅在纵横两方面对晚清的小说提供一个融会贯通式的理解，而且更值得探究的是，这样的讨论结合的是当时的小说文本，通过细读与对应的方式，既探究虚构与史实之间的映衬，又通过语言与形式在跨文化语境下的表现形态，揭示都市文化的复杂性与上海现代化过程中的诸种现象与本质；不仅如此，在以上的探究视野基础上，本书还将进一步深入到晚清的小说文本肌理和内在形式，打破晚清小说的研究的固化思路，提供流动性和衍变式的观照方法，针对当是时的小说的叙事，入于其间又出乎其外，揭示小说中所折射呈现出来的传统和现代、东方和西方文化样态与文学形式之间的角逐、纠葛和缠绕，透析传统因素与国外渗透的互动，指出在跨文化语境下小说叙事及其小说形式化的过程中所投射出来的文化杂糅与思想纠葛，而这种历史观念的复杂性又如何通过文本结构与叙事语言呈现于小说的形式之中。

晚清而始，是中国文学的一个重要的变革期，众所周知，小说在传统文化中的地位不高，《汉书·艺文志》中说："小说家者流，盖出于稗官。街谈巷语，道听途说者之所造也。孔子曰：'虽小道，必有可观者焉，致远恐泥，是以君子弗为也。'然亦弗灭也。闾里小知者所及，亦使缀而不忘。"鲁迅也曾指出："在中国，小说是向来不算文学的。在轻视的眼光下，自从十八世纪末的《红楼梦》以后，实在也没有产生甚么较伟大的作品。小说家的侵入文坛，仅是开始'文学革命'运动，即一九一七年以来的事。自然，一方面是由于社会的要求的，一方面则是受了西洋文学的影响。"① 正如鲁迅所言，小说登上历史舞台，首先得益于中国革命与现实历史的需要，其次是西方文化和文学的传入播撒，还有就是社会的现实需求尤其是市民阶层及新式读者群的形成，对小说影响力的扩大也可谓。严复和夏曾佑在《国闻报馆附印说部缘起》中就对"说部"推崇有加："夫说部之兴，其入人之深，行世之远，几几出于经史之上，而天下之人心风俗，遂不免为说部之所持……本馆同志，知其若此，且闻欧、美、东瀛，其开化之时，往往得小说之助。是以不惮辛劳，广为采辑，附纸分送。或译诸大瀛之外，或扶其孤本之微。文章事实，万有不同，不能预拟。而本原之地，宗旨所存，则在乎使民开化。"② 可以说，自晚清以来，"小说界革命"如火如荼地进行，经过夏曾佑、梁启超、徐念慈、裘廷梁等人的推波助澜，小说裹挟着意识形态的势力，逐渐进入建构历史的轨道之中。而梁启超的《译印政治小说序》和《论小说与群治之关系》，则令新的小说观念更为深入人心，"欲新一国之民，不可不先新一国之小说。故欲新道德，必新小说；欲新宗教，必新小说；欲新政治，必新小说；欲新风俗，必新小说；欲新文艺，必新小说；乃至欲新人心、欲新人格，必新小说"③。经过梁启超等人的极力鼓吹，小说这一中国文化传统中曾经只处于"细支末流"地位的文类得以在现代的特殊境域中异军突起，并开始与政治结盟，发挥出自身巨大的

---

① 鲁迅：《〈草脚鞋〉小引》，《鲁迅全集》，第6卷，北京：人民文学出版社1981年版，第20页。
② 舒芜等编选：《中国近代文论选（上册）》，北京：人民文学出版社1959年版，第200页。
③ 梁启超：《论小说与群治之关系》，《中国近代文学大系·文学理论集1》，上海：上海书店出版社1995年，第303页。

宣传和改革效用。对此，包天笑在《钏影楼回忆录》中就曾说道：

> 这个时候，号称所谓新学界的人，都提倡新小说。梁启超发行的一种小说杂志，名字就叫《新小说》，那个杂志，不但有许多创作小说、翻译小说，而且还有许多关于小说的理论。梁启超自己就写了一个长篇的理想小说：《新中国未来记》。这时文学上的小说到地位便突然地提高了。①

晚清以降，小说地位发生了巨大的更迭，这早已成为学界的共识。然而，小说地位的变动，从本质上而言，对应的是社会制度与历史理念的松动。事实上，早在晚清之前，就曾有李贽、袁宏道、金圣叹、毛宗岗、张竹坡等人倡言提高小说地位，甚至施耐庵、曹雪芹等人也曾在创作领域写就了经典的小说作品，但由于当是时社会等级制度依旧森严，中央集权制统辖下的权力机构及"诗文正宗"观念所操纵的意识形态，以及这一意识形态所统辖的传统士大夫意识观念和文章思想，都体现出在封建等级制度下对小说的贬抑。"只是由于士大夫的偏见，形式特征的'俗'和艺术趣味的'俗'被无条件地等同起来，于是，小说（尤其是章回小说）只能长期徘徊于中国文学结构的边缘。"② 然而，晚清所面临的政治状况和社会历史，令纵向的等级制度瓦解，有利于横向的文化间性的相互融合，跨文化的尝试便得以拨开意识形态的迷雾，进入自我更新和循环的过程。"晚清小说家……借助于域外小说的刺激与启迪，完成中国小说由俗向雅的过渡。这种努力不能说没有成效，一时间小说界气象一新，小说的确成了最受世人宠爱的文学体裁。"③ 可见，西学传入、社会阶层的升沉以及变革的需求，作为等级制的重要表现形式的文体等级，于焉瓦解，而新的文学形式——小说

---

① 包天笑：《钏影楼回忆录》，香港：大华出版社 1971 年，第 171 页。
② 陈平原：《中国现代小说的起点——晚清小说研究》，北京：北京大学出版社 2005 年，第 99 页。
③ 陈平原：《中国现代小说的起点——晚清小说研究》，北京：北京大学出版社 2005 年，第 101 页。

无论是从内容的模仿与创造、语言形式的传袭与革新还是叙事形态
的转化与变革而言，都开始进入世界性的发展系统之中。

梁启超在《汗漫录》（又名《夏威夷游记》）的序言中提到："余
生九年，乃始游他县，生十七年，乃始游他省。犹了了然无大志，梦
梦然不知有天下事。……曾几何时，为十九世纪世界大风潮之势力所
簸荡，所冲击，所驱遣。乃使我不得不为国人焉。浸假将使我不得不
为世界人焉。"①而在晚清中国，城市化和商品化进程开始得以发展，
社会迅速发生转型，从农耕文明的社会形态逐步进入工业文明轨道，
其与国外——主要是西洋和日本——也率先开始了对话和交流。而谈
及所谓的"跨文化"实践，从政治上和地理而言，晚清历史最为明显
之处无疑在于帝国主义的殖民以及租界—华界形态的构成，据统计，
1895 年前后，上海的租界已经从最初占地 830 亩的英租界，扩展到占
地 3 万亩的公共租界与法租界。②而在经济上，自上海开埠以来，对
外交流也日渐频繁，尤其是在面临国外经济势力的冲击时，民族工业
和民族资本的发展，其与国外经济体的对抗、纠葛和交集，更能体现
跨文化的意涵。"甲午战争前夕，上海近代民族工业门类已经有纺织、
缫丝、船舶与机器制造、印刷、造纸、面粉（机器磨坊）、火柴、轧
花等。1895 年以后，上海民族工业在生产的广度上积极推进，新的
工业门类不断拓展。1895—1898 年间，民族资本集中于棉纺工业投
资、新的工业门类很少，只有针织业（1896 年开办的云章衫袜厂）、
榨油业（1897 年开办的大德油厂）等。1899—1906 年间，历来被认
为是民族工业繁荣消铄的时期。上海民族工业却在一批新的工业门类
中积极开拓，如制皂、制革、织布、毛纺、碾米、食品以及水电公用
事业等。面粉工业则由机器磨坊转向创办完全新式的机器面粉工厂，

①梁启超：《夏威夷游记》，见《饮冰室合集》专集第五册，上海：中华书局印行 1941 年，第
185 页。

②熊月之主编：《上海通史》第四卷，上海：上海人民出版社 1999 年，第 382 页。

并成为这一时期发展最快的一个新兴工业门类。"[①] 而小说《市声》则对民族资本家的生存和心理状态有着集中的描写，这在第四章中将进行详细的论述，此处不赘。除了政治和经济上的跨文化交流以外，在教育、文化等层面也存在着许多跨文化的要素，例如留学生的派遣、传教士的活动、新学与新戏的传播等。可以说，晚清而始，以上海为代表的现代化都市，开始了现代中国符号化的初始过程，其对器物、商品和金钱的依赖倚重，覆盖了个人和群体的日常生活，更为重要的是，对物的依赖以及被抽象的货币——金钱所笼罩下的商品世界，开始成为塑造主体的感觉结构的重要媒介。而晚清作为一个经常被提及的时间段落，代表着中国小说的第一次及物的过程，新小说对历史政治乃至日常生活的介入，阅读主体开始进入一个感受、想象、认知、实践的知行序列。主体的情感也由此进入了一种普适性与无差异性的阶段，这与传统的等级制度以及由此形成固化的文学品类认知，也于焉瓦解。取而代之的是世界性的视野与跨文化浪潮。面对新的时间感与历史序列，在晚清开始崛起的小说，又将以怎样的语言形态加以表述，又将通过怎样的人物形象与叙说方式进行言说，便成了饶有兴味的话题。

---

① 熊月之主编：《上海通史》第四卷，上海：上海人民出版社 1999 年，第 409 页。

## 第二节　世纪末与世纪初：
## 跨文化视野下的现代时间与上海叙事

　　晚清一代，包含着"世纪末"与"世纪初"，成为思想史、文化史和文学史的重要时间提法。陈建华提出，所谓的"末"字，一般而言，在中国历史上指的是"元明清时期，即元末、晚明和清末，在中国历史上皆值皇朝的衰世"，而在海外汉学中，更是"习惯把明清史看作 late imperial China"。① 而这里所提出的世纪末与世纪初，一方面是源于对晚清的小说这一对象的聚焦，另一方面，正如李欧梵所提出的，"（晚清）小说中的各种细节和人物——有的新，有的旧——愈来愈多，几乎在几十回的叙述架构中容纳不下。晚清小说本来就依附于各种小说杂志的连载，各章节有时自成一体，此起彼落，链接得很勉强，随时遭到腰斩，结构不可能完整。这一切都构成了晚清小说的局限性。然而，吊诡的是，这种局限并不一定是限制，有时反而构成一种'解放'，甚至可把传统小说的结构推到极限"。② 正因为现实历史的推助，近代小说无论从内容上还是形式修辞上，可以说走上了一

①陈建华：《帝制末与世纪末——中国文学文化考论》，上海：上海教育出版社 2006 年，第 1-2 页。
②李欧梵：《帝制末日的喧哗——晚清文学重探》，见王尧、季进编《下江南——苏州大学海外汉学演讲录》，复旦大学出版社 2011 年，第 121 页。

种极致。然而，结合李欧梵的提法，需要指出的是，如果将这种所谓的"极致"进行一种历史化的读解，可以见出，晚清的小说所体现出来的"极致"，指的是无论在叙事结构，还是在语言形态上，都具有一种流动性和变动性，也就是说其处于嘈杂与喧嚷至临界点的"众声喧哗"状态；然而，就文学文本而言，在形成之时，便几乎是确认的较为稳固的文本，其中也必定呈现特定的结构性特征。这两个方面看似矛盾，但事实上却是统一的，这里便不得不引入一个概念，那就是跨文化。正是由于晚清小说叙事所依托的跨文化语境，使得古与今、中与西的叙事语言、情感观念和理性意识，都存在着巨大的更迭，因而在这一时期所形成的小说文本，其复杂性与丰富性便由此生成。

关于世纪末与世纪初，以及由此而生发出来的小说叙事的演变更迭诸问题，在这里并不是要作出传统与趋新的二元划分，而是将语言、叙事、文本等稳固的结构因素，置于跨文化的视野当中，着重表现的是其变动中的、尚未成型的动态过程，在一种稳步的移动中，对晚清的小说加以历史化的解读。

晚清之所以称其如是，除了出于时间上的考量之外，更为重要的是一种巍巍王朝日薄西山的情感映照。"晚"清被赋予诗性的内涵。而与此同时，尤其是在 1843 年开始，上海等"开放"城市却是朝气蓬勃的东方明珠。1843 年 11 月 17 日，根据《南京条约》和《五口通商章程》的规定，上海正式开埠，从此中外贸易中心逐渐从广州移到上海。外国商品和外资纷纷通进长江门户，开设行栈，设立码头，划定租界，开办银行，等等。上海作为现代化都市正处于蒸蒸日上的地位，而与此同时，晚清政府的分崩离析以及民初政府的万般乱象，彼此出现了时间与空间上的交错，从传统中国到现代上海，反应在文学上，则是叙事中所呈现出来的时间的篡改与空间的切换。"晚清—中国"之间的悖论与张力随着诗性的映照，开始浮露。

龚自珍（1792—1841）在封建末期的剧烈解体中，感受到了无尽的沉闷和压抑，在《尊隐》一诗中，他写道："日之将夕，悲风骤至，人思灯烛，惨惨目光，吸引暮气，与梦为邻……夜之漫漫，且不鸣，则山中之民，有大音声起，天地为之钟鼓，神人为之波涛矣。"夜幕降临，诗人半梦半醒，沉吟悲愤之情涌上心间，山雨欲来风满楼的沉重呼之欲出。《老残游记》一个"残"字，暗示的是帝国历史的垂垂老矣。而包天笑《上海春秋》赘言中说道："都市者，文明之渊而罪恶之薮也。觇一国之文化者，必于都市，而种种穷奇梼杌变幻魑魅之事，亦惟潜伏横行于都市。"①可以见出，世纪末的颓废与华丽，成为都市上海的辩证式文化样态。正如吴趼人的小说《海上游骖录》的一开始，便提到了叙事者在面对时局变化时，所产生的两种相悖的情绪——"厌世"与"热泪"，②这两种情绪一直贯穿始终，在讲故事的过程中，尽管叙述者的"厌世"情绪跃然纸上，但表现出来的却又常常是难以释怀的叙事怀抱与宏旨，这是一种饱含热泪和深情的厌世，同时也是在难以摆脱的虚无中寻求精神的慰藉与寄寓。可以说，近代中国的历史时间有一个一合一开的过程，合上的是昏昧不明的传统时间，却开启了新的未知的时间维度，而这也成为晚清小说多方探询之所在。

在清末小说《海上繁华梦》中，主人公谢幼安原居苏州乡下，但是当他涉足都市上海之后，开始沉溺于声色犬马的生活，在温柔乡中难以自拔。这里其实有一个投入的过程，也就是说，小说人物从庸常的传统生活世界的临界点，被掷入新的身体诱惑与物质引导的现代空间中。谢幼安们来到上海，是在挥霍财富而不是创造财富，观感的华丽与心理的颓废并存，但在谢幼安、杜少牧等人那里，体现出来的却是一种陷溺中的快感。这便是"现代"与都市的双重两

---

① 包天笑：《上海春秋·赘言》，上海：上海古籍出版社 1991 年，第 3 页。
② 吴趼人：《海上游骖录》第一回，南昌：江西人民出版社 1989 年，第 487 页。

面性。

晚清以来的中国，在世界性浪潮的浸染下，正在经历一个前所未有的商品经济与工业化的发展阶段。"物"的充溢带来了拜金主义的滥觞，资本和物质所带来的等质化的社会想象，开始形塑生活于都市上海的群体与个体的心理与情感结构，生活其间的主体，可以基于同一个时间观念与意识层面中，感受"现代"的来临。正如陈建华所指出的："确切地说，自晚清以来，中国的时间意识出现'双轨'运动，在'西历'、'阴历'等名词之战的表层底下，仍活跃着中国人的时间经验和想象，特别像晚明'三教合一'文化运动中所形成的'上下天地，来去古今'的心理时间，已成为如荣格所说的'民族心理'的东西，流淌在我们的记忆里。自从与舶来的'公共时间'纠缠在一起，有融合也有冲突，在文学中激发想象而造成新的奇观。"① 这里所探讨的已经渗透入"民族心理"的时间，应该就是丹尼尔·贝尔所提到的现代的"时间感"："农业社会……人们靠本身的体力工作，用的是代代相传的方法。而人们对世界的看法则受到自然力量——季节、暴风雨、土壤的肥瘠、雨量的多少、矿层的深浅、旱涝变化等因素——的制约。生活的节奏是由这些偶然事件造成的。时间感就是一种期限感，工作的进度因季节和天气而变化。"② 应该说，传统社会的生活是与自然时间紧密地捆绑在一起的，偶然的时间因素成了人们必然的生活选择，社会的运转在一定的历史时间内也基本上是固化而恒定的。

可以说，传统的时间经验和想象已然被等质化时间或说"西历"所取代，或者是后者愈趋表层化，甚至成为一种规制甚至是宰制，渗透至主体的日常生活。在《海上花列传》中，挂钟怀表代言了小说中

①陈建华：《帝制末与世纪末——中国文学文化考论》，上海：上海教育出版社 2006 年，第 12 页。
②[美]丹尼尔·贝尔：《资本主义的文化矛盾》，赵一凡等译，上海：三联书店 1989 年，第 198 页。

的现实时间，无论是众人参与的摆台唱和还是个体生活的进食就寝，都以西化的社会时间为标准进行。而《礼拜六》出版赘言中也提到：

> "子为小说周刊，何以不名礼拜一、礼拜二、礼拜三、礼拜四、礼拜五，而必名礼拜六也？"

> 余曰："礼拜一、礼拜二、礼拜三、礼拜四、礼拜五人皆从事于职业，惟礼拜六与礼拜日，乃得休暇而读小说也。"

> "然则何以不名礼拜日而必名礼拜六也？"

> 余曰："礼拜日多停止交易，故以礼拜六下午发行之，使人先睹为快也。"

> 或又曰："礼拜六下午之乐事多矣，人岂不欲往戏园顾曲，往酒楼觅醉，往平康买笑，而宁寂寞寡欢，踽踽然来购读汝之小说耶？"

> 余曰："不然！买笑耗金钱，觅醉碍卫生，顾曲苦喧嚣，不若读小说之省俭而安乐也。且买笑觅醉顾曲，其为乐转瞬即逝，不能继续以至明日也。读小说则以小银元一枚，换得新奇小说数十篇，游倦归斋，挑灯展卷，或与良友抵掌评论，或伴爱妻并肩互读，意兴稍阑，则以其余留于明日读之。晴曦照窗，花香入坐，一编在手，万虑都忘，劳瘁一周，安闲此日，不亦快哉！故人有不爱买笑、不爱觅醉、不爱顾曲，而未有不爱读小说者。"①

而等质化的社会时间也带来了社会时间的切割，从《礼拜六》的出版赘言中可以看出，现代人的时间可以分为工作时间与休闲时间，而不同的人群与职业，时间意识也各不相同，很多时候这样的时间是被规定的，或由雇主厘定，或因利益驱使，或欲望使然，可以说，在这个过程中，心理时间也会相应地发生位移，情感和意识也不得不依托于特定的时间区隔、生活节奏以及社会规制，詹姆斯·唐纳

---

① 钝根：《礼拜六出版赘言》，《礼拜六》第 1 期，1914 年 6 月 6 日，见《鸳鸯蝴蝶派文学资料》上册，福州：福建人民出版社 1984 年，第 7 页。

德（James Donald）说道："引起我兴趣的是，当你把现代性与城市结合在一起的时候，就像许多评论者——从波德莱尔到科比西埃再到后现代主义者——众口一词声称的那样，现代性可被视为一种心理状态。"[①] 而饶有兴味之处还在于，晚清小说的叙事时间对于如是这般的社会和心理时间，在依托其中的同时，还存在着或对应或篡改的关系。不仅如此，如果对晚清的小说进行细究，其中所呈现出来的社会时间、心理时间与叙事时间三者之间，存在着有效的结合以及内部的对应，三者的交错与互动，在相互的辨析和阐释中，形成有效的糅合。也就是说，都市中各色人等生活在"共同"的时间轴线上，这个时间轴又由于某个特定的场域或者标志性的历史时间，从而形成城市的坐标并得以固定生成；而通过"列传"之形式所呈现出来的寄寓于规定的时间/场域中的一系列人物群像及其心理、情感、言行，更是使得都市所蕴含的新的意识观念和情感序列逐渐形成，从而促进了小说所表征出来的虚构/写实层面上的历史感的生发，而社会历史或情感/观念历史也才由此而作用于群体/个体的生活世界。

以晚清小说中数量最多，其题材也表现得最为广泛的烟粉/狭邪小说为例，其中对恩客与倌人的集中描述，对情爱生活的重复铺衍，在客观上造成了一种时间的回环，而对同一或类似物事的隐秘细节的不断聚焦过程，事实上是对普通生活的纵深挖掘，进而在延展出故事性的同时，道出发人深省的主旨。不仅如此，在长镜头般的注视甚或是"凝视"中，小说的虚拟空间得以极大限度的拓开，人物的运动也随之如卷轴般逐渐展开，这就在客观上使得原本模糊的时间和空间得以明晰并最终确定下来，呈现出一个新的结构形态。

而就在晚清小说的紧凑和不断延展的时间之间，有一种"追

---

① James Donald, Imagining the Modern City, London: The Athlone Press, 1999, p.19.

逐一落空"的回环往复，无休止的欲望与无边际的空间和无限拉长的时间相对应，身体在"时间—欲念"之海中漂浮，疲惫感与兴奋感的并存，真情与诈伪相生。从而形成了一种无均衡的时间，漫无边际，无限铺延，凌乱杂沓。无均衡成为一种恒定的状态，而变化是恒定的骚动的时间。这也就是所谓的"颓废"的滥觞，那是沉沦于等质的空洞的时间之中的一种茫然不知所措，而在这个过程中，晚清是拉扯得最厉害的一个时间段，诸种价值观以及不同的文化形态在其中扯嚷，不断地发生摩擦、撞击以至融合。

在清末吴趼人的小说《新石头记》中，贾宝玉从传统的大观园世界中，出没于都市上海等地，而他在从北京返回上海的途中，路经一个名曰"文明境界"的地方，其中充满着中—西文化融汇过程中所作出的各种尝试。

> 正在说话时，忽听得有人高声说道："辰正一刻"，宝玉抬头看时，只见墙角上站着一个人，穿的是古代衣冠，双手捧着一个牌子，牌子上面写着"辰正一刻"四个大字。那双眼睛望着自己，似笑非笑。宝玉不觉吃了一惊，暗想：刚才倒不曾留神看见他。要待起身招呼时，又见他要动不动的样子，不觉望着他出神。不一会儿，只见那"辰正一刻"四个大字底下，又现出"一分"两个小字来，不觉又是暗暗称奇。老少年已经觉得，笑对宝玉道："这是'司时器'，就同那欧美钟表一般，按时报出来的。"宝玉道："钟表已是巧制，这个更巧不可阶了。"老少年道："钟表虽是巧制，无奈他记号不同。我们本是从子至亥的十二个时辰为一昼夜，化却以二十四点钟为一昼夜。那钟面记号又只有十二点，要记起时候来，必要分个上午、下午，岂不费事？譬如此刻是辰正一刻，要照钟表说起来，是八点一刻。当面问候，还可以闹得清楚，要是记事，必要加'上午'两个字，不然弄差了，就要错到戌正一刻去。非但麻烦，我们又何必舍

己从人呢？"说罢，在身边取出一个表来，递给宝玉看。宝玉接在手里，见只有铜钱般大，当中现一个 "辰"字，左边是"正一刻"三个字，右边是"三分"两个字。宝玉再看那司时器时，却也变了"三分"两个未了。看罢，交还老少年，叹赏不置。①

由此可见，在"文明境界"这般乌托邦和桃花源式的理想国中，"老少年"这一本来就在时间上有所喻示的人物，在跨文化视野下作出了对历史、时间的选择。在自制的"司时器"与西方的钟表之间，在文化的自我 "己"与他者"人"之间，老少年以及他的"文明境界"选择了以本土文化为基准，而非"舍己从人"。如是这般在跨文化交流过程中所作出的时间建制的尝试，所体现的是诸种文化之间的参照、比较以及在此基础上的重建和再造。

因此，在晚近这几种时间状态之中，小说往往通过想象式的建构，甚至以某种乌托邦和理想国式的尝试，在诸种时间模式和虚拟境域中，对时间、器物、知识及其背后蕴含的历史、文化意涵进行审视和建制，从而在跨文化语境中建立不同文化间有效的沟通和叙述，进而在构筑起对时间和事件的叙事序列的同时，将文化间的对话容纳其间。尤其是上海、天津、南京、广州等最先涌现的中国城市，则体现出了更为丰富的复杂性，一方面由于帝国主义的对外扩张，使得这些城市成为"化外之地"，尤其在租界中不受本国文化知识的影响和管辖，因而诸种文化含蕴之地，彼此于焉发生碰撞、融合甚或排斥。其中所呈现出来的国族、道德和人性的纠葛，并不是清澈显明的，而是蕴藏着许多难以区隔和言明的地方。正如陈天华在《狮子吼》中所言："各国在中国有领事裁判权，于国体上是大大的妨碍，那些志士，幸得在租界，稍能言论自由，著书出报，攻击满洲政府，也算不

① 吴趼人：《新石头记》第二十二回，南昌：江西人民出版社1988年。

幸中之一幸。"① 另一方面，中国的城市裹胁着中外文化的世界性因
素，则包孕在小说叙事中的语言结构、符码特征和文体修辞的运用之
中，不仅撇除简单的主题评价与艺术得失，而且揭示出小说叙事背后
所收束、折叠或者展开的言说逻辑、话语策略、叙事伦理以及时代无
意识的欲望旨向与形式结构特性。

　　而本书出于对晚清小说中的跨文化叙事进行的综合考察，决定
从叙事时间、叙事空间以及叙事视角等若干因素，对此一历史时段的
小说进行叙事层面的研究。其晚清小说的叙事形态进行结构性的考
究，尤其通过对晚近小说的谴责（官场）、狭邪（烟粉）、历史、世
情、科幻等类型，进行重新的分化和糅合，对其中所展现的形式逻辑
与叙事模式进行综合讨论。

---

① 陈天华：《狮子吼》第七回，见阿英《晚清文学丛钞小说卷》第3卷，上海：中华书局1960年。

# 第 一 章

## "怪现状"的"现形记":
## 权力政治与社会症结的激进叙事

　　吴趼人的《二十年目睹之怪现状》（以下简称《怪现状》）以"我"结构全篇，并且有着一以贯之的情节线索，这是在叙事形态上是异于当时一般小说的重要表现。"我"对"故事"有一种沉迷甚至于痴迷，通过近乎执拗的追诉、索求乃至实践，实现对时事经验和社会历史尤其是"怪现状"的间接把捉甚而直接参与。不仅我的洗耳恭"听"至关重要，其他人物的"说"亦值得玩味。后者是"我"所"目睹"之"怪现状"的包含他者立场的叙说，同时也是叙事者"写"的重要方面。从这个意义上而言，与其说是"目睹"，不如将之归为聆听与践行。而小说中复杂纠葛的倾听、叙说、"目睹"以及作者/叙事者的"写"，提示了在结构文本的过程中，各种感官的调动与知觉的呈现，代表着晚清小说所形塑的中国主体，俨然以极大限度的敞开和吸纳的姿态，对外部世界施以全能的感知，其中所强调的是具有觉知功能的主体切入现代历史时间之中的积极互动。

　　钱芥尘在为《人海潮》作的序言中曾说道："长篇小说体例有两种：一为《官场现形记》派，合无数短篇小说而凑合在一起，记一事，述一人，不必详其来历结果；一为《二十年目睹之怪现状》派，通篇以一人为主干，万汇归宗，脉络贯串，故论小说者，皆知前派易而后派难。"[1] 事实上，"怪现状"与"现形记"往往是互为表里的，两者

----

①《人海潮·钱芥尘先生序》，长沙：湖南文艺出版社 1998 年，第 1 页。

重叠之处甚多，在此将其混作一谈，目的在于指出晚清的小说在谴责与揭示社会历史之"怪现状"时所采用的"现形"方式，也即如何通过小说介入现实，通过"形"来描述"状"，进而触及小说的叙事话语、言说策略与伦理旨向。而综观晚清的小说，除了这两部重点谈及的作品之外，还有《绅董现形记》、《商界现形记》、《商界鬼蜮记》、《近十年之怪现状》等在题材尤其是叙事形式上，有着许多共通之处的作品，都指示出了所谓的"怪形状"是如何"现形"的。

李伯元在《官场现形记》（以下简称《现形记》）的序言中说道："且夫训教者，父兄之任也；规箴者，朋友之道也；讽谏者，臣子之义也；献进者，蒙瞽之分也。我之于官，既无统属，亦鲜关系，惟有以含蓄蕴藉存其忠厚，以酣畅淋漓阐其隐微，则庶几近矣。"①由此可见，在《现形记》中，作为小说写作者的"我"，与"官"这一群体并没有直接的联系，而且从"含蓄蕴藉"和"酣畅淋漓"可以看出，小说似乎存在着独立而客观的立场——这从小说的文本形态及话语机制自身包含的中立性可知，其考量的只是"存其忠厚"与"阐其隐微"的史家笔法；然而，殊不知，在将魑魅魍魉的官场统统"现形"的故事连缀中，如此声称"秉笔直书"的预设，更是坐实了官场的怪象丛生，进而实现价值审判与再造的旨归。可以说，晚清小说以其特有的故事情结／情节，形成己身之文本形式与话语机制，周旋于近现代中国历史与上海的都市经验之间，实现了驳杂而丰富的互动。

---

① 李伯元:《官场现形记序》，南昌：江西人民出版社1989年，第3页。

## 第一节　听故事与讲故事：
### 故事"情结"的产生与故事 "情节"的构设

　　《怪现状》中转述、复述以及"我"所亲身经历的故事，凡一二百例，这些故事经过简单的串连，在"我"的游走与衔接中，组成了带有先定性和倾向性的叙事序列而被命名为"怪现状"。"故事情结"所产生的原因在于对自身生活经验与精神之贫乏的深切认知，而以对世间风气以及官场、商场、妓院等界域的丑怪奇观的追逐，印证己身已有之经验，抑或拓开"目睹"之眼界，从对"故事"急切的追问和兴味以及 "我"的个人遭遇而言，似乎不如此无以缓解自身之焦虑并且实现"我"的成长、蜕变；而深层的焦虑则逾离人物本身，归结到书写者的叙事意旨上：通过一种内部聚焦的方式，专注于整体的伦理层面的诉求，立足晚清社会的权力欲望、社会生态与精神伦理，以"怪"的主题先行及背后预设的价值审判为切入点，实行带有强烈倾向性的批判式呈现，这是小说叙事的内在动力。而"立体仿诸稗野，则无钩章棘句之嫌；纪事出以方言，则无佶屈聱牙之苦"①的《现形记》，则以小说的文本形式，对晚清官场进行一次总攻式的讨伐，并

―――――――――――

① 李伯元：《官场现形记·序》，南昌：江西人民出版社 1989 年，第 3 页。

且结构出一个个故事的形态，尽其揶揄、揭露和批判之能事。然而，
更值得探究的问题还在于，如《怪现状》、《现形记》这般的汲汲于
"故事"的情结的写作尝试，如何通过既定的叙事形态与话语机制，
敷衍出当时中国的"故事"？而晚清的中国小说又如何聚焦、围绕甚
或是迂回于近代历史的中国语境，在内在焦虑与外在忧患之中，通过
对诸种"怪现状"进行"现形"式的敷衍，体现出了怎样的美学旨
向、形式自觉和话语形态？

在吴趼人的《怪现状》中，"我"主要是在南京和上海两地逗留，
即便是在南京，也时常隐现上海之所在，或者以其为参照点和坐标
轴，自始至终与上海发生着牵连，这种对照与旁观视野下的上海，反
而能从更为客观乃至于无意识的角度，展现出"二十年"的中国社会
意识和生活形态；更为重要之处在于，《怪现状》在叙事的过程中所
引发的主体感知及背后的话语视角和意识表征，对处于晚清时期的上
海有着极为重要的呈现。《现形记》的第七回，抚院委托陶子尧到上
海"办机器"，上海作为现代的象征跃然纸上，对于试图卷入并积极
参与到现代中国历史进程的晚清小说而言，以商业、资本、机器大生
产为中心的上海，确乎是不可忽略的。

先说《现形记》，陶子尧未到上海之前，山东的姊夫就已叮嘱
其初到上海，切不可荒唐，不要叫局，不可吃花酒，"化钱事小，声
名事大"。在这里，上海作为他者，其形象已然被固定化乃至妖魔
化了，这固然也是都市本身繁华与堕落、欲望与压抑的两面性使然；
然而，在见识了四马路、书场、堂倌之后，"目眩神迷"的陶子尧在
魏翩仞的撺掇下，最终还是涉足妓场，开始了寻欢作乐的生活。作为
现代都市的上海，具有一种很强的吸附性，尽管陶子尧一开始与堂子
倌人显得格格不入，但是沉浸其中之后，开始被其吸引而欲罢不能，
肆意挥霍亏空，最终也为了办机器与否及其款项问题弄得不可开交。
其中所提示的是一个腐朽的封建个体，在现代都市中迅速而彻底的分

崩离析，在巨大的对照与反衬中，摧枯拉朽、销金蚀骨的现代风潮正以极快的速度，吞噬朽坏败落的传统。

而在《怪现状》的第八回，"我"接到母亲家书，于思亲念家处泪眼婆娑之际，"顺手取过一叠新闻纸来，这是上海寄来的。上海此时，只有两种新闻纸：一种是《申报》，一种是《字林沪报》。在南京要看，是要隔几天才寄得到的。此时正是法兰西在安南开仗的时候"①。关于这段话的描述，《申报》等沪上知名报刊，均是在上海租界发行或发展，正如姚公鹤所言："是上海报纸发达之原因，已全出外人之赐。而况其最大原因，则以托足租界之故，始得免婴国内政治上之暴力。然则吾人而苟以上海报纸自豪于全国者，其亦可愧甚矣。"②从小说其后"我"与友人讨论是否在沪上报纸刊发诗词可知，其对带有殖民性质的租界报刊显然好感多于厌恶；而与此相联系的地方还在于，在"我"的百无聊赖之际，世界战局频仍，"我"并无多少悲切愤恨，相对于报上的"几段军报"，"我"更关心的是报纸"后幅"的词章，并因而"触动了诗兴，要作一两首思亲诗"，但对国仇家恨无动于衷的"我"，充其量只是"因想此时国家用兵，出戍的人必多。出戍的人多了，戍妇自然也多"，由此而援笔成诗以书胸臆。可见，《怪现状》所立意的，并非国族层面的感时忧国，而更多的是对生活实感的聚焦。而上海对周边地域的辐射力，其中一个重要方面是通过现代传媒实现的。外在的叙事者和叙述者通过沪上的传播媒介实现对上海的想象，与此同时也参与到自我的认知和形塑中。在《怪现状》中，对于"我"而言，作为他者的上海与沪上巡游／旅行的自主经验之间，以及现代传播媒介与作为自我映照的报刊阅读之间，往往互为表里，共同加入到现代中国主体的建构之中。

---

①吴趼人：《二十年目睹之怪现状》第八回，南昌：江西人民出版社 1988 年，第 58 页。

②见杨光熊、熊尚厚等编：《中国近代报刊发展概况》，北京：京华出版社 1986 年，第 261 页。

普实克曾结合《二十年目睹之怪现状》等小说阐析中国现代小说中的"主观主义"和"个人主义"的抒情性特点，并对其中所彰显的主体性加以肯定。普实克提到，"对自我的意识，对个人的实体和意义的意识，往往随着一个特征，那就是对生活悲剧性的感受"[①]。结合小说《怪现状》而言，可以肯定的是，在传统伦理观照视野下的"怪现状"，必然会被定格为某种悲剧性的基调，这一点从小说最后"我"所面临的商业上的大失败以及失败之后的流离失所可以见出端倪，而"我"对此种"生活悲剧性"的"目睹"、体验和感受，在旁观与参与的双重作用下，渗透出切己的意识感知以及对其间之"意义"的洞察。然而，如果深入到写作者的无意识层面进行考察，便可得知，尽管写作者乃至叙事者自身并没有显在的宏大叙事倾向，但是在小说整体的道德伦理倾向以及在"现形"诸种"怪现状"的过程中，时代语境下更深层的主体认知和判断必然游走于表层叙说与深层叙事之间，使得建基于生活实事之上的精细"感受"，同样能知微见著，现出时代历史的宏大主题。更开一境说，只有立稳于日常的生活实感的基础上，也即建立在充分的"主观"和"个人"的认知和感受的切身体验中，才能在下意识 / 无意识地趋近意识形态的过程中，保持内在的丰富性，以一种从容、清醒和自持的态度，面对现代主体己身的孕育、蜕变与成长过程。

---

[①] 普实克:《中国现代文学中的主观主义和个人主义》，见《普实克中国现代文学论文集》，长沙：湖南文艺出版社 1987 年，第 2、3 页。

## 第二节　叙事作为一种行为：
## 叙事视角的转换及其话语机制的形成

　　不仅如此，在《怪现状》中，其实还存在着一种自觉的分野，"我"以及围绕在我周围的如吴继之等人的情感和事功，往往代表的是正义和理性的立场，在叙事过程中几乎不做任何褒贬，甚至在为"怪现状"所包围并面临一定的道德/伦理争议时，小说也会以模糊的叙写敷衍过去。譬如，在第四十二回谈及科场作弊时，吴继之身为督考之一，尽管对舞弊的手段和事态了如指掌，但是却置身事外，对此姑息纵容，甚至于参与其间，所支撑他的，是一套识时务者的处世哲学，"我在这里，绝不交结绅士，就是同寅中我往来也少，固然没有人来通我的关节。然而到了里面，我却不做甚么正颜厉色的君子，去讨人厌，有人来寻甚么卷子，只管叫他拿去。"而"我"对吴继之有助长弊案之嫌的做法不仅没有提出质疑引向反思，反而对这种"取巧的办法"赞赏有加。[①]可见，其中不仅体现的是公与私、德政与私政之间的模糊纠葛（这在下文将重点讨论），而且当故事讲述背后的旨向与叙述者本身的经历出现缠绕乃至重合时，此一"情结"本身

――――――――――――
① 吴趼人：《二十年目睹之怪现状》第四十二回，南昌：江西人民出版社 1988 年，第 336–338 页。

所不期然显露的无意识缝隙确乎在所难免。也就是说，故事情节的结构者与故事情结的所有者——"情结"的呈现是双向的，同时包括讲述者与倾听者在内——之间若离实合，实际上指示的是表面上对怪现状之现形戏谑有加的小说写作者，即便其叙述是如何冷静，又如何在娱乐与消闲中游走，其与时代和现状之间的牵连，其实所在颇深。甚至于旁观者本身，也存在着某种既定的立场，由此而联系的，是作为"旁观者"的"我"所实现的对焦和审视，其中表现出来的旁观者与卷入者合二为一的话语形态，在在提示了晚近小说中的叙事主体／人物主体对时代历史的介入甚或说是卷入。就这个意义上而言，"现形"也是多面向的，其不仅使"怪现状"的无处遁形，同时也是叙事者背后的书写意旨的显露，其更是社会历史之集体性焦虑的展示以及时代无意识欲望的呈现。

而就是这种集体无意识的焦虑，以及在这个过程中主体触角的广泛延伸，使得宏观上单一的视角无法满足对时代欲望的追寻，内在的焦灼和价值探索的渴求，不仅从小说的叙述语言中可以见出一种视角转换的尝试，从更深层次而言，晚清小说的叙事旨归的重要面向，还在于从己身之经验越界出来，以一种跨文化的视角和世界性的求索，实现叙事的功能性标的。《怪现状》的第四十四回"苟观察被捉归公馆，吴令尹奉委署江都"，写到苟才妻妾之间的争端，就在撕扯打骂之间，作者从全知全能的叙述转而切入到"我"的视角，"此时我正解完手，回到外面，听见里面叫骂，正不知为着甚事，当中虽然挂的是竹帘，望进去却隐隐约约的，看不清楚……只见他两人在天井里仍然扭作一团，妇人伸出大脚，去踩那婊子的小脚；踩着他的小脚尖儿，痛得他站立不住，便倒了下来，扭着妇人不放；妇人也跟着倒了；婊子在妇人肩膀上，死命的咬了一口，而且咬住了不放；妇人双手便往他脸上乱抓乱打，两个都苦了"。先是解手回来听见，然后是隐约看见，再就是随入其中身临其境地"看"。在这个过程中，"我"

的视野发生了位移，"我姊姊却端坐在上面不动。各家的仆妇挤了一天井看热闹"。姊姊和仆妇的冷眼旁观，与"我"由于中立的叙事所昭示的如出一辙的"横眉冷对"似的"目睹"，可谓都存在着一种潜在的价值判断。最后"我"问起那个苟姨奶奶结局如何，姊姊说："那种人真是没廉耻！我同了他过来，取了奁具给他重新理妆，他洗过了脸，梳掠了头髻，重施脂粉，依然穿了命服，还过去坐席，毫不羞耻。后来他家里接连打发三起人接他，他才去了。"[①] 类似的家庭丑剧和伦理争端，一而再再而三地在小说中上演，而"我"和围绕在"我"周围的叙述者，往往通过带有强烈倾向性并有着宏大旨归的叙述，将丑怪之现状一再敷衍。结合小说开始部分对故事的写作者与传播者的命名："九死一生"抑或"死里逃生"，与其说其中代表的是传统价值系统的崩溃，不如将其理解为具有自"我"感知意味乃至能够反观自身的现代主体，在面临传统和现实的分化时所遭际的冲撞和撕扯，这其间所体现出来的，是在对震动和惊恐有着清晰的觉知的过程中，己身思索如何自处时，所滋长的紧迫感、危机感乃至悲剧性的体验。

与前面所探讨的"目睹"之实质相联系的是，《怪现状》中所涉及之人事，很大的篇幅并不是出于第一手的经验，然而，尽管这其中切实的感知和原始的经验相对较少，但是诸如此类的间接经验经过"我"的听取和"目睹"，以及"我"于其中所积累的生活实感和人生经验，则得以通过叙事者的遭遇和吐纳而实现充分的对象化。然而，在这里，更值得注意的地方还在于，小说第六回在吴继之复述高升的话，对旗人的虚伪矫饰进行一番演绎、戏说以至严肃的批判之后，作者最后却以诗结题："尽多怪状供谈笑，尚有奇闻说出来"，很明

---

① 吴趼人：《二十年目睹之怪现状》第四十四回，南昌：江西人民出版社 1988 年，第 354–358 页。

显，这只是供茶余饭后谈笑风声的奇闻 "怪状"罢了，至于"故事"
的虚实问题，已然被搁置，这在在提示了，晚清小说文本中，既有切
入社会人心与伦理道德的"大说"叙事，同时也存在着闲逸和谈笑
之"小说"专事怡情的成分，这样的书写尽管并不一定是自觉为之，
甚至还与古代说书体以及其中所透露的小说功能意识粘连，然而，大
叙事与小叙事两者的复杂纠葛，尤其在近代上海的历史语境中，更揭
示了家国族群的生存与小市民观念所谋求的生活之间的牵连。关于这
一点，在另一部描述海上黄浦之滔滔江潮的长篇小说《歇浦潮》中，
有着深刻的描写。尽管租界之外窜贼逆天，租界之内外患扎根，但是
钱如海们所汲汲以求之的仍然是己身的利益和欲念；而居住于老北
门、经历了家国离丧的邵氏、李氏们，对外在的战乱频仍毫无牵念，
邵氏在移居租界之后，安逸如斯，后来委身于钱如海，她与其母亲李
氏一道，为的只是性命无虞衣食无忧的现世安稳。不可否定的是，在
以虚构性为特征的小说之斥实就虚的不及物/及物叙事中，其实更为
明显的是其间所存在的强烈而切实的伦理审度与道德再思。如此这般
复杂的面向，俨然成为晚清小说中包孕着的社会人心之"大说"元素
的叙事之维。因而，在晚清的上海叙事中，"小叙事"与"大叙事"
本不可分，两者的缠绕和互证，在在说明了将上海市民的日常生活、
地缘政治的意识形态面向以及现代时间范畴中的上海经验之间的复
杂牵扯。

　　在《怪现状》中，"二十年"所代表的是一个长时间的维度。这
个具有转折意味的时间单位，足以代表晚清中国历史转型的阶段性及
其横切面，使得中国—上海故事的发生过程中各个层面的复杂和暧昧
在很大程度上得以充分展开和释放。至于晚近的"二十年"，无疑是
具有象征性意义的时间段，此时的中国文化传统和生活伦理，已经很
难生产出新的意义、体现新的价值，而在上海，新的观念系统和话语
形态仍处于成形阶段，因而所能做的，唯有揪住日薄西山的正统价值

和伦理的尾巴，缓解自身焦虑以及填充精神价值的落差，可见，在这个逼"怪"现"形"的急切和焦灼中，便迫切需要一个切换视角的探索，也就是说，老大帝国的中心意识，需要转接到世界性的跨文化视野中，以此实现一种无中生有的价值追寻。

## 第三节　政治和道德的公私缠结：
## 日常生活、地缘政治与主体经验叙说

　　谈及上海，不得不说的是那些光鲜艳丽的都市倌人，对此，晚清的小说中已有极为详尽的描述，这里只强调一点，即妓家日常生活状况的呈现。在小说《孽海花》第三回中，晚清新科状元金雯青随倌人褚爱林进入其房间，"看那房里明窗净几，精雅绝伦，上面放一张花梨炕，炕上边挂一幅白描董双成像，并无题识，的是苑画。两边蟠曲玲珑的一堂树根椅几，中央一个紫榆云石面的百龄台，台上正陈列着许多铜器玉件画册等"。同行的人也对此惊叹不已，"都围着在那里一件件的摩挲"。如果说此时褚爱林的摆设与龚孝琪的赠予不无关系，那么时过境迁，金雯青病逝，化名为傅彩云的爱林在上海重操旧业，杨云衢和陆皓冬寻访其于燕庆里的居所，作者依然将视线聚集于她的居所，"云衢却留心看那房间，敷设得又华丽又文雅，一色柚木锦面的大榻椅，一张雕镂裀络的金铜床，壁挂名家的油画，地铺俄国的彩毡，又看到上首正房间里，已摆好了一席酒，许多客已团团的坐着，都是气概昂藏，谈吐风雅"。①

---

① 曾朴：《孽海花》，南昌：江西人民出版社1988年，第三、二十九回，第22、621页。

　　由《海上繁华梦》、《海上花列传》、《孽海花》等小说中所展开的晚近时期俏人日常生活状态，对焦的是一种具有特殊意味的私密空间。而与此相联系的，是公共领域与大众空间的展开，公与私成为晚近小说所建构的上海想象中的一体两面。《怪现状》的第九回，通过文述农的叙述，讲到一位总巡大人表面上施行德政整顿风俗，在上海城里禁绝女子上茶馆上酒楼，实际上却是"专门仗着官势，行他的私政"，究其缘由，只因从前的小老婆，受其委屈而吞烟自尽，他由此恨烟入骨，禁绝烟馆；而总巡的女儿则时常借助晒台进出城隍庙茶馆，后跟轿班私奔，事情败露之后，总巡假公徇私，拆了百姓晒台，禁止妇女吃茶。体现在总巡大人身上的这种"贼去关门的私政"，所关系的，不仅仅是官员的丑态和怪状，其中所呈现出来的近代中国的公私龃龉，个体生活观念与公共律法条例之间的暧昧缠绕和复杂纠葛，以及德政／公政到私政的展开过程中的混淆，都提示了晚清的中国政制与日常生活情感的纠结不清。更为重要之处还在于，如此这般的公／私扰攘，所表征的是晚清民初的中国社会试图由专制转向共和过程中所面临的难以纾解的历史困惑，以及难以克服的反映在个人到家庭再到国族层面的深层次的难题。20世纪初，就在晚近小说方兴未艾之际，严复将穆勒的《论自由》翻译成了《群己权界论》，其中涉及君主与国民之权限问题，指出爱国之民，应当"常以限制君权，使施于其群者，不得恣所欲为为祈响。其君所守之权限，其民所享之自由也"①。群体与个体的关系通过国民与君主相互间的权限加以阐发，潜在的以国民之"公"对专制之"私"进行修正，而这个过程，也正暗合了晚近小说中所依托的专制政体逐渐瓦解的悬而未决的历史。

　　《怪现状》的第十回"恶洋奴欺凌同族人"，写一个把总因受

---

① 严复：《群己权界论首篇引论》，上海：商务印书馆1930年，第2页。

上司宋备诬告，被营官撤职后而转行巡捕，偶然的机会，公报私仇，利用会审公堂将欲加之罪强行惩罚了那宋备。到了最后，述农方才道破其中玄机："这里面有两层道理：一层是上海租界的官司，除非认真的一件大事，方才有两面审问的；其余打架细故，非但不问被告，并且连原告也不问，只凭着包探、巡捕的话就算了。他的意思，还以为那包探、巡捕是办公的人，一定公正的呢，哪里知道就有这把总升巡捕的那一桩前情后节呢。第二层，这会审公堂的华官，虽然担着个会审的名目，其实犹如木偶一般，见了外国人就害怕的了不得，生怕得罪了外国人，外国人告诉了上司，撤了差，磕碎了饭碗，所以平日问案，外国人说甚么就是甚么。这巡捕是外国人用的，他平日见了，也要带三分惧怕，何况这回巡捕做了原告，自然不问青红皂白，要惩办被告了"。[①] 会审公堂本身指示的是洋人对中国法制裁决的剥夺和控制，然而具体的情形却复杂得多，其中一点，在国人内部的日常生活纠纷与民事／刑事案件中，华官的作用是可以凸显的，这表明了租界律法中处理中国法制问题的一定自主性，然而，《怪现状》中所呈现的"怪现状"，却又往往将律法的正义性推向中国式的深渊，个体性的私情往往掺杂于公共性的意识形态领域，法律的纯粹性与行政的独立性经常被打破，公与私之间的相互搅扰，形成了晚近中国融入现代与并轨世界的困境和阻滞。而按照租界的法例规定，如果原告／被告为英法美等外国人的租界案件，那么华官是不能独立断案的，必须由各方律师代表加以处理，而由于租界与会审本身的跨国性质，使得国人与世界人在罪与罚的交互中，更加笃定了自我的民族身份，愈发深刻地意识到带有世界性质的异质文化的强制性侵入，从而反过来更深化自身的民族主义思想。

不仅如此，"中国各口审断案件，两国法律既有不同，只能视被

① 吴趼人：《二十年目睹之怪现状》第十回，南昌：江西人民出版社，第72页。

告者为何国之人，即赴何国官员处控告，原告为何国之人，其本国官员只可赴承审官员处观审。倘观审之员以为办理未妥，可以逐细辩论，庶保各无向隅，各按本国法律审断"①。但是针对此，却没有确切的法律条例与规章制度，尽管在此之前，也存在《上海洋泾浜设官会审章程》（10款）等规约，但是含糊而笼统的表述，并没有给租界内的案件审判带来太大的合理性。由于租界律法的极不完善以及鱼龙混杂的会审公堂，使得原本就倾斜不定的公平与偏私，更是无法取得理想的平衡公正，而更为重要的是其间所凸显的罪罚认同与文化差异，在对国人—世界人的行为/作为判定上，将确凿地以法律乃至制裁的方式，从侧面透射出来。而晚清的小说，也得以在世界主义的意义范畴中，通过对租界中的法律审判的再审视，在无意中触及到了更为深层也更为广泛的公私龃龉。正如前面所提到的那位总巡，其可以通过个人方式，公行私效，决定女子是否可以进出公共空间，与此相联系的，是私己生活与公共空间的关系，往往是由权力与个人意志所决定的，其中并无公共运转与社会效能方面的考虑，文化要素与价值考量亦极为稀薄。例如胡志德就曾提出："上海戏院……兴起于十九世纪后半叶，是一系列公共空间中最为重要的场所，尽管中国有着悠久的戏剧表演传统，但却鲜有如此公开的戏院，因为长期以来男女同场看戏长期都是被禁止的。正如徐道清(Tao-ching Hsu)所说：'中国的戏院从来就不是妇女可以任意出入的，直到近代（也就是到了20世纪）之前，大家闺秀都从未进入过戏院。乾隆皇帝（1736年—1796年在位）一度禁止所有的妇女看戏，而在其它年代，虽然不怎么讲究的妇女也可以进戏院，但不管怎样她们一开始也是与男性隔开的。'上海观众可以不受性别限制随意出入戏院，这与早先的禁止和隔离形成了对比。"接着胡志德继续指出，上海作为一个新兴都

---

① 铁崖编：《中外旧约章汇编》第1册，三联书店1982年，第348页。

市所展示出来的公共场域与私密空间，往往存在着一种不稳定性，要维持"公共与隐私之间维持平衡是多么困难"。①值得注意的是，私密空间所展开的"匿名性"又往往被小说中所坚持的道德判断、伦理准则乃至讽劝旨向所挑破，以朱瘦菊的《歇浦潮》为例，钱如海等人偷情与幽会的隐私场所，又往往被叙事者严肃的言辞和充满道德感的话语倾向，将人物的私闱"呈现"于世人面前。在这里还特别需要指出的是，在意向确切并且具有明显的现实旨向的文本书写中——曾有论者将《怪现状》中所"目睹"之怪现状，与当是时的社会状况进行虚实间的对照，发现，索引——以揭露的方式公诸天下的隐私成为近代小说本身所含纳的道德倾向中具有道德争议探索，尽管这种暧昧的道德的判断具有后设的立场，然而这莫不代表当是时之书写伦理的迷惑与叙事意旨的困境。

类似的情况，还出现在张春帆的《九尾龟》中，"寒士科举出身"的臬台大人，只因为己身之经历，从前"被本乡的富户欺凌讪笑"，因而，在日后为官之际，便"存了一个偏心，凡是穷人与富户打到官司，到他台下，一定要偏袒穷人"。表面上看，臬台是体恤下情为民请命，甚至在贫富阶层的对峙中维护穷人的权益，然而实际上则是以自我之欲求和经验为旨归。这里便涉及公私问题的第二个层面，也就是在面对公共性的司法和法律话题时，权力所有者往往不是从公权和公共利益出发，而是基于自我的片面式判断，个人喜好取代了公共诉求。

不仅如此，在《二十年目睹之怪现状》的第二十九、三十回中，还写到了江南制造局的运行状况，其中所隐含的，是时局所对应的洋务运动及其所投射出来的跨文化和世界性意涵，而立足于江南制造局的假公济私、徇私舞弊，也昭示着公与私的混淆与杂乱，而公私之间

---

① 胡志德：《胡志德：逆潮而游——朱瘦菊的上海》，载王尧、季进主编《下江南：苏州大学海外汉学演讲录》，上海：复旦大学出版社 2011 年，第 169 页。

的暧昧不明，在在提示了晚清的天地玄黄，传统的"普天之下，莫非王土；率土之滨，莫非王臣"之观念开始式微，而新的以内在欲求主体和外在事功建设相对照的现代个体，在公与私、中与西、古与今等层面上，则出现了更为复杂的面向。事实上，进入近代以来的都市上海，在市民社会逐步形成的过程中，公共领域与私己领域之间的界限，是一个重要的分疏，也就是在公与私两者的拉锯之中，理性的力量恰恰是缺席的，社会的核心价值所指示的新的理性思想和政治法律制度，亟待建构起来。

事实上，小说的叙事话语在虚实之间游走，往往将公私的话题置诸脑后。在以"嫖经"名扬天下的《九尾龟》中，第五十、五十一回贡春树提到了当时社会风气败坏的问题，不仅如此，小说中还描述了道德错乱的女性"骈戏子"的详细经过。然而小说值得注意的地方在于，社会的道德败坏与风气问题以刑法和律法进行处置，在由私家的丑闻以公共的法治进行处理之际，事实上，在执法过程中，个人的私情却往往参与其间。例如《九尾龟》中，郭道台要惩办戏子霍春荣，于是由工程局出面，朱臬台实行抓捕，起初霍是反抗的，但是后来抓捕的人报出朱臬台之名后，霍束手就擒，由此可见，官府的威信还是在的，而且叙事者也试图表现官府在净化社会风气方面的作用；然而，本应是道德警戒，却演出了一回官府滥用私刑，郭道台、朱臬台的假公徇私的戏码。而另一方面，作为"英雄"形象的代表的章秋谷，听闻此事后，也是"拊掌称快"，这说明了写作者的叙事伦理和书写旨向的问题所在。道德的宣扬维护与律法的惩治之间模糊而混乱的界限，由此可见一斑。可以说，近代小说的虚构与写实之间的暧昧不明的态度，也给历史性的解读提供了更多的空间和可能性。

## 第四节　跨文化实践：
## 晚清小说的精神向度与激进叙事

　　正如先前所提到梁启超在《汗漫录》的序言中所提到的，世界性风潮的涌动，不期然地将中国人推向世界人的漩涡之中时，也就是说，当"世界人"的意识不断渗透到"国人"的观念意识和价值心理时，晚清的小说如何勾勒、描述和叙说被列文森称之为"一条世界主义的花边"的上海？换言之，这条世所瞩目的绚丽"花边"，其线条、轮廓和细部是如何通过以虚构实的叙事方式结构而成，在这个过程中呈现出了怎样的话语机制及形式探索？这是讨论晚近小说的一个本源性的问题。

　　胡适在《五十年来中国之文学》中曾指出，《二十年目睹之怪现状》在结构上的完整性这一进步应当归因于西方小说的影响。"吴沃尧曾经受过西洋小说的影响，故不甘心做那没有结构的杂凑小说。他的小说都有点布局，都有点组织。这是他胜过同时一班作家之处。《怪现状》的结构还是散漫的，还含有无数短篇故事；但全书有一个'我'做主人，用这个'我'的事迹做布局纲领，一切短篇故事都变成了'我'二十年中看见或听见的怪现状。即此一端，便与《官场现形记》、《文明小史》不同了。"① 借镜西方的叙事方式，作出一种有别于当时中国小说的结构形态，在这样的文本书写与结构布局中，就已体现出《怪现状》的跨文化特质。当然，这只是一种表层的世界性因素显现。更为深刻之处还渗透于《怪现状》的文本肌理中，具体体现为叙事形态与话语机制的新变和异质。饶有兴味之处还在于，这种间接经验的寻求与获取，并不仅仅指示着小说作者的叙事特征和结构形式，如果从更为宏观的层面考量，这其中所完成的转喻，是跨文化因素和世界性的渗透，而晚清的中国在建构现代民族国家的过程中，仅靠己身之传统经验与社会形态显然是无法实现的，这就提示了多样文化与基于本在传统和现实状况而作出的无意识的选择甚或是误读/误认的不可避免乃至必要性。

《怪现状》的第三十回，写江南制造局仿造洋人的技艺制造轮船，然而，却由于制度混乱，技术粗糙而落下笑柄。江南制造局本是晚清政局为 "咸与维新" 所重点建设的项目，在这个过程中，由于己身经验的缺失，对洋人存在着严重的依赖和误解，确乎在所难免，然而，在种种 "怪状" 表征了其中深层次的误读，在这里体现为在技术上的误认，即在复制、操作和制造的过程中，出现了现代机器—技术层面的再造与重铸的偏差。值得注意的地方还在于此一回目讲到的编译书籍的乱象，对外文书刊错漏百出的译制，表明了对西方文化的输入之初的不良反应，从而在跨文化实践过程中，使得崭新的糅合中西文化的编码和重新输出显得异常艰难。而其中所流露出的话语的乱象，已经不仅仅是说明了误认或说误读本身。与其说是必可避免的，不如说是晚清的中国在现代化的起步阶段，一方面由于他者的不断涌现和强势冲击而 "现形" 出了比比皆是的 "怪现象"，另一方面则是一个处于雏形阶段的现代自我——现代海派

① 胡适：《五十年来中国之文学》，见《胡适文集》第 3 卷，北京：北京大学出版社 1998 年，第 245 页。

文化却未能生长成型的文本表征。

民初严独鹤的长篇小说《人海潮》，可谓将上海滩的前潮后浪，统统摄入笔下，演绎了一出出的都市悲喜剧。有趣的是，在《著者赘言》中，作者即明示："此篇体裁，略仿吴趼人所著《二十年目睹之怪现状》一书。故随笔写来无多寄托，无甚结构，事实随意拼凑，人物随境穿插，拉拉杂杂，不免琐碎之讥。异日有暇，当续一种有统系、有主义之说部，以答阅者雅爱。"① 在小说中，王观察开办官学，却不知科举末日之将至，依然死守其不放："那王观察才喝了一口茶，咳了一声嗽，提高了喉咙说道：'我朝数百年来以科举取士，所以（一个所以），做士子的自然以专力科举为最上乘。但是，现在中外通商，朝廷不得不兼重洋务，设立学堂，所以（两个所以），少年后进，也须要仰体朝廷作育人才之至意，研究些西学。不过学堂科举，要当相辅而行，所以（三个所以），我这办学堂，便是以科举的精神，树学堂的基础。所以（四个所以），屡次考试，全按着科举规模。所以（五个所以），风声所播，便博得上官的称赏，士林的延誉。所以（六个所以），你们来此求学，便当一切顺着我的主意，听着师长的训诲。"讲到这里又喝了一口茶，续说道："还有一句话要对你们说，无论科举也好，学堂也好，中学也好，西学也好，这正心诚意的功夫是少不得的。所以（七个所以），我最服膺的是《大学》圣经，每天早晨起来，必定先要焚香漱口顶礼膜拜。把那'大学之道，在明明德，在亲民，在止于至善'这四句经文，恭诵百遍。所以（八个所以），我历来服官教士，自有准绳，人家称我为儒林宗匠，我也自觉当之无愧。所以（九个所以），你们须当以我为法，所以（十个所以），今天入学，我便不惜诲尔谆谆，你们切不可听我藐藐。所所以"② 可以见出，王观察之所以要兴办洋务，开设学堂的初衷定义为

---

① 严独鹤：《人海潮》，长沙：湖南文艺出版社1998年，第4页。
② 严独鹤：《人海潮》，长沙：湖南文艺出版社1998年，第134页。

"中外通商"，其表现的是费正清所说的"冲击—回应"的思维模式，并没有从自身内部出发，更遑论认知洋务与新学的实质，这就无怪乎其依然抱着科举不放，要以科举为主，以学堂为辅。而叙述者着重强调王观察说话中频繁出现的"所以"一词，实际上是立意讽刺，因为"所以"一词所代表的是一种因果逻辑，但是从写作者的叙事伦理看来，其旨在表现的，是晚清官员的语无伦次，不知所以然却又含露着一种趾高气扬的跋扈心态。因此，在叙述者看来，王观察之"所以"的前言后语之间，所存在的是一种混乱而模糊的逻辑，"所以"成为王观察演说的特定语式，其无意识状态通过语言建构了起来，而正是天朝上国的迷思以及对传统的执念，形成了其逻辑杂乱的"所以"，而更重要的，是对作为时髦出现的"革新求变"，统治者以及广大民众是否做好了充足的知识储备与思想基础，挂羊头卖狗肉的趋新求变，其背后所彰显的，是没有作出立足审视自身的第一步而匆忙盲目地踏起了第二步，而此后中国社会发生的种种激进现象学，都证明了这一点所引发的精神踏空的国族/文化危机。

总体而言，晚清小说中保守的现实主义倾向包裹不住现代的物象——内景；最明显的，在《怪现状》中，"我"的行为方式和思维模式依然局限在传统世界的内景之中，赶追不上现代的时间，拽不住线性的不可逆的无法遏制的历史；《海上繁华梦》等小说中的因果循环与伦理说教同样显得苍白无力，甚至还颇有"劝百讽一"的味道，说明了道德主义式的传统乡愁既在广度上无法囊括上海的华丽与颓废相生并存的都市内质，在深度上也难以探入人性的自觉与自我的发现，从而将"情"的扩大与泛开充分对象化。然而这丝毫不能抹灭《怪现状》等晚近小说以"目睹"的方式，在历史激荡处彰显出的发端于现代主体的感觉意识与悲剧认同，以思维、认知甚至是审视和判断的触角伸向"他处"，将现代性与世界主义作为他者，并在一种跨文化的视域下充分地加以对象化——无论是认同接受抑或是排斥对立,其中所包含的主体越界和跨度探询,昭示了其独特的话语机制以及在美学 / 形式探索中所凸现的文本价值。

# 第二章

## "繁华梦"中的"列传"：
## 都市欲望之主／客体的故事与范式

对话用上海方言的《海上花列传》一开头便自道"花也怜侬……捏造了这一部梦中之书，然后唤醒了那一场书中之梦"。小说从花也怜侬之梦始，铺陈了"大上海开发早期难得的生活画面和文学图景"①，最后归于赵二宝的一通梦魇：历经情感磨难和生活窘困的赵二宝，梦见史三公子当上扬州知府并邀她前往，然而秀英一语道破，二宝在管家的鬼魂面前，噩梦惊觉，"吓得二宝极声一嚷，惊醒回来，冷汗通身，心跳不止"②。来自传统乡村世界中的赵二宝，流连于"现代"之所在的上海，然而，在纷纷扰扰的场景中，形形色色的人物陆续登场，小说最终以悲剧谢幕，赵二宝也尝尽了人世的悲情，喻示着传统的躯体和内心在象征"现代"的"上海梦"中的惊醒。在传统与现代的罅隙之中，当"梦"与"醒"这一透析时代境况和人心精神的素材与文学相结合时，催生了许多丰富而微妙的话题。

晚清的上海，以其独有的都市魅力，开始如磁石般吸引着四方来客。无论是赴沪求学的学子，还是追名逐利的商人政客，又或者是陷溺于温柔乡的恩客倌人，其对"上海梦"的追逐不可谓不狂热，而这个梦幻的创伤性体验，无疑来自晚清。科举的没落直至废除与新式教育的兴起，政治的风云起伏与民族经济、现代商业的新发展，旧的幻灭与新的欲望相生并行，如是等等，晚清之际的时局变幻，中

---

① 栾梅健：《前工业文明与中国文学》，上海：复旦大学出版社 2008 年，第 193 页。

② 韩邦庆：《海上花列传》，北京：人民文学出版社 1982 年，第 1、552 页。

国社会从一种单一的文化样态，开始进入多文化杂糅的历史阶段，尤其是在现代都市上海，更是领风气之先，世界性的浪潮汹涌而至，上海成为令无数人梦寐以求之所在，同时也是许多人不堪回首的梦魇。于是就有了小说作品中的"梦"以及寄寓其中的梦的隐喻：《海上繁华梦》、《海上花列传》、《海上尘天影》、《歇浦潮》等。

"梦"并没有特定的核心和本质，而其本身则是一个具有特定征兆的作品，与现代意义上的文学相类似，代表的是一种想象性的结构，真正的意义并不是其内在虚无的空心，关键在于其组合形态的形式和结构，以及这种构造形式所彰显出来的价值内涵，因此，需要通过种种方式对其进行解析和阐释，从中形成丰富的悬而未决的创造性言说。而"上海梦"所指示的新的结构形态，其实质就是一种空洞而巨型的容器，能够涵容欲望、想象甚至是幻觉，甚至可以融汇基于这种种因素的沉思、言说和批判。两种结构形态存在着内在的叠合，这就意味着，一方面，这种重合标示着近代时间段中上海梦的两个主要面向；另一方面，都成为上海历史与文学现代化的重要表征。而所谓"繁华梦"中的"列传"，其实表达的便是晚清小说的形式美学问题。

这一章主要涉及的是晚清小说中的烟粉或说狭邪小说文本，当然也不局限于此，在解读和分析过程中，也将触及其他类型的小说，而不是执拗于单一固化的小说类型化定位。包括以下几章的分析亦采取这样的论述方式。事实上，晚清的小说文本，尤其是反映上海社会的中长篇作品，其反映的历史层面和社会范围是极为广泛的，其所触及的话题与内容也并非简单的分类所能含纳，所以本书的论述虽然主要以常见的类型进行章节安排，但是具体分析上又是具备灵活性的，这样既有利于论文结构的明晰，同时又不窄化小说文本本身的丰富性与复杂性。

## 第一节 失衡的笔致：
## 重复的表征、艰难的铺衍及遮蔽的打破

一

晚清的小说叙事往往涵纳着急切的社会功利性与宏大的政治抱负，正如有论者所指出的那样："发生在晚清的这次'小说界革命'并没有取得根本性的胜利。一方面尽管他们坚持反对把小说作为'稗官野史'的陈腐看法，并且还自己亲手创作，然而另一方面，他们大都还只是把小说视为改良政治的手段，或单纯以娱乐读者为目的，因而只求浅白，只求直露，缺乏现代小说所必需的艺术感和美感。"① 可以说，彼时的小说，大多裹挟着政治与道德的外衣，而与此同时，传统的小说理念和题材也很难提供种种能够维持现代小说实现自我发展的能量，加诸晚清的内忧外患，导致了小说中普遍出现的"失衡"现象。而由于新媒体的产生与写作／阅读的商业化运营，小说作者可以通过连载的方式在报刊上进行连缀式的写作，以获取生存所需的物质资料，这也在另一个层面上形成了"失衡"的局面。

具体而言，《九尾龟》中的"嫖界英雄"章秋谷，便是一种超乎寻常的由失衡的笔触写就的人物形象，他出入于欢场，在其中翻云

---

① 栾梅健：《试论中国现代文学形式与语言转变的动因》，《南京社会科学》2009 年第 2 期。

覆雨无所不能，即便是面对那些复杂微妙的真情与诈伪，依然游刃有余。而且善文能武的章秋谷，在小说的最后还由欢场进入了仕途，在国家政治中运筹帷幄，挥洒自己的一腔治国情怀。而《花月痕》中的韩荷生，也同样是文武通才，既能吟诗作赋得意欢场，又能领兵打仗，报效国家。通过一种夸饰的笔致，描绘理想型的人物或者对事件进行异于常情的渲染和铺叙。这是问题的一个方面。另一方面，如果集中于晚清的烟粉小说，那么所谓的失衡，则表现在对同一场景、人物乃至人物命运的反复聚焦，具体而言，则是围绕着妓院、倌人、恩客及他们的生活进行大量的复制式叙述，以此唤醒世人的昏心，但从文本可知，规模宏大的风花雪月醉生梦死，在不觉间已然将讽劝意味湮没，如此不得不让人产生"劝百讽一"之嫌。

书写手法上的夸饰代表着一种精神意旨上的失衡，而如是这般急切激进的小说叙事，成了存在于晚清的小说中的普遍现象。一直以来，这样的写作现象往往受到读者及评论者的诟病，然而，这里必须说明的是，失衡并不是一种贬斥，这里将其作出如是判定，只是指出一种现象式的存在，并无褒贬之义。事实上，晚清小说在表现手法和题材内容上的"失衡"现象，如果将其置于当是时的历史情境中，也就是对这些林林总总的文本进行充分的历史化，可以从中见出小说作者或者叙事者的历史观、伦理观以及寄寓于其间的价值认同。

如前所述的"失衡"笔触，其所代表的是寄寓于晚清上海社会历史中的一种特殊的形式修辞。失衡的背后所代表的艰难的铺衍、冗长累赘的叙述，往往将善恶进行一种简单化的处理，在善恶的二元对立中完成巨量的重复性叙事，其中所隐现的，是晚清上海社会历史的集体无意识乃至时代欲求。值得注意的是，这种夸大的修辞，一方面能对聚集的"点"拉至"面"的层面，尤其是通过规模化的叙事，对善与恶进行集中的呈现，容易形成一种历史宏大的裁量，正如有论者对民初小说《歇浦潮》所作出的评价："《歇浦潮》里集中了上海最丑陋的人和事, 没有一个人是正人君子, 没有一桩事是光明磊落地做成, 好比一本骗术大全。"对"阴暗面"的专注, 既是中国叙事文学的写作传统之一脉, 同时也是晚清小说的一种话语策略。而如果将视角集中于晚清的都市上海, 那么小说中所透露出来的"失衡", 实际上指示的叙事对读者猎奇与窥探需求的商业化写作的迎合; 而从另一个层面而言, "失衡"一是从外在的宏观社会历史着眼, 也就是在列强和外族压迫下的国族身份的焦虑, 在哀怒怨愤之中, 自然难以维持平和的写作姿态, 宏观的家国欲求也于焉渗透于小说的书写之中。二是关乎小说写作者/叙事者的自我意图, 尤其是在新媒体与商业化背景下对生活资料的获取, 一则是浸润于民族国家的意识之中寄寓己身的哀怒喜乐, 这里需要阐明的是, 两者看似分立, 实则是统一的, 其都是源自于自我的肉身生存与精神需求的缺一不可的双重需要, 而且都以一种"失衡"的叙事倾向呈现出来。

二

对于晚清小说中的上海叙事而言, "失衡"固然是其中最为重要的叙事特性。然而与此相辅相成的, 则是失衡背后的隐言, 也便是被"阴暗面"或劝善观——也即"溢恶"与"溢善"所遮蔽和掩盖的上海的另一面: 冲和平淡、平静自然。如此便不能不提及韩邦庆的《海上花列传》。

需要指出的是, 《海上花列传》最初连载于韩邦庆自己所编小说期刊"海上奇书", 后者本身实为民族国家共同体形成中的关键因素——印刷报刊, 推助了现代国家的形成。① 然而, 韩邦庆创作的《海上花列传》, 在语言选择上采用的却是苏白, 其客观上所针对的

---

① 具体见本尼迪克特·安德森的《想象的共同体》, 在这部著作中, 安德森提出, 在现代民族国家形成的的历史进程中, 印刷出版是重要的一维。

是上海及江浙一带的读者，在此间建构地域性的认同。这在客观上一方面写出了上海的人情风俗，但另一方面也令其他人难以卒读，这就在客观上拒斥或说屏蔽了广泛意义上的国族意识，客观上摆脱了政治性的包裹，有利于回归艺术形式和文本语言的美学探索。

韩邦庆选择苏白的初衷是想要模仿《红楼梦》的京白写法，在这里可以看出，其实是以地域性为出发点进行的考量，定格一种地道而独特语言形式，以语言为符号形成地方性的认同。然而，韩邦庆写《海上花列传》，却又试图溢出其地方的狭小区域，寻求的是"红楼梦"式的广泛及深远的影响。在社会性考量中的疏与近、得与失，本来在中国传统文学世界中，并不成其为一个独立的问题，因为传统文学主要以诗文为主，所追求的主要也是"文以载道"的文学功用观。而韩邦庆的小说《海上花列传》的尝试可以说成为了文学对社会性政治性的曲折或说模糊观念的肇端，成了中国晚清以来一直延续下来的文学命题。

《海上花列传》序言中的"闲话"，如果按照方言的理解，其实就是"话"的意思，也即普通的言语与说话。然而如果仔细研读小说中的言语说话，便可发现，充斥其间的，往往是家长里短的闲言碎语，抑或是恋人之间的情话絮语，与民族国家的宏大话语、民族寓言、国民性话语、革命性话语等形成了鲜明的对照，"此书俱系闲话，然若真是闲话，更复成何文字？阅者于闲话中间寻其线索，则得之矣。如周氏双珠、双宝、双玉及李淑芳、林素芬诸人终身结局，此两回中俱可想见"。[1]一般的研究者都认为这是两种截然不同的话语，然而这里要指出的是，两者其实并不可完全区别开来，也就是说，宏大的话语如果没有微妙细腻的日常言说作为支撑，那么其将是空洞的虚设的。从这个意义上而言，韩邦庆所言之"闲话"，其实不闲，而有

---

[1] 韩邦庆：《海上花列传》，见《例言》，南昌：江西人民出版社1988年。

着深刻而内在的旨归，尤其是将其置于晚清的上海历史和中国历史的相对对照之中时，更是能见出其涵纳的意义。如小说的第五十二回，琪官说道："闲话倒也是正经闲话，总归做仔个女人，大家才有点说勿出个为难场花，外头人陆里晓得，单有自家心里明白……"①在这里，"闲话"成为倡人之间聊说家常，更有一层叙说或诉说的意味掺杂其间，而"正经闲话"代表的也是倾诉和女性的命运遭遇，谋求同伴间的同情。鲁迅在《中国小说史略》中说《海上花列传》的叙事，"平淡而近自然"："光绪末至宣统初，上海此类小说之出尤多，往往数回辄终止，殆得赂矣；而无所营求，仅欲摘发妓家罪恶之书亦兴起，惟大都巧为罗织，故作已甚之辞，冀震聋世间耳目，终未有如《海上花列传》之平淡而近自然者。"②从妓家间的"闲话"以及作者在例言中所指出的"闲话"之用意，可以见出，《海上花列传》中的闲话，所呈现出来的，是一种寻常平静的并且带有克制意味的叙事，即便是诉说彼此之间的悲惨遭际，通过小说叙事的笔触，仍然是以闲话家常的方式出现，人物的坦然与释然，嵌入到最切实的生活现场之中。事实如此，往往大悲大喜、大惊大乍、大宠大辱，在上海的市井生活和市民文化中，占据的份额和空间就很小，相反，家长里短、细水长流，才是都市上海最为日常也最为真切的一面。

因而，从鲁迅这番话中，可以见出先前提及的"失衡"，在小说文本中的表现为"巧为罗织"，即在立意之初，就厘定了"已甚之辞"，而目的则在于"震聋世间耳目"，以深恶痛绝的道德训诫意旨，达到一种振聋发聩、惩恶扬善的伦理要求。从这一点而言，《海上花列传》的出现，可以说是打破了晚清小说中的"失衡"状态，而重新将平淡而近自然的生活样态和情感生活从遮蔽之中揭示出来。

---

① 韩邦庆：《海上花列传》第五十二回，南昌：江西人民出版社1988年。

② 鲁迅：《中国小说史略》，见《鲁迅全集》第九卷，北京：人民文学出版社2005年，第274–275页。

## 三

值得注意的是，晚清的上海烟粉小说，都有一个流连于欢场温柔乡的群体，这里称之为"享乐共同体"，指的是流落烟花世界中的商人、官僚、知识者，甚至是更下层的仆人、滑头，他们放浪形骸，沉沦耽溺，挥霍荒淫，沉溺于欲望与享乐之中，故而称之。关于这一点，鲁迅从一个结构化的角度进行过阐述："才子原是多愁多病，要闻鸡生气，见月伤心的。一到上海又遇见了婊子。去嫖的时候，可以叫十个二十个的年青姑娘聚集在一处，样子很有些像《红楼梦》，于是他就觉得自己好像贾宝玉；自己是才子，那么婊子当然是佳人，于是才子佳人就产生了。内容多半是，惟才子能怜这些风尘沦落的佳人，惟佳人能识坎坷不遇的才子，受尽千辛万苦之后，终于成了佳偶，或者是都成了神仙。"① 在这里，鲁迅无疑是以一种结构性的方式，对晚清的烟粉小说进行了一个简要的概述，当然其中也透露出明显的揶揄和批判。但是如果撇除道德和伦理层面的判断，单从小说的叙事来看，不仅在形象塑造上，才子与佳人、恩客与妓女存在着种种模式化的样态，而且综观晚清上海的烟粉/狭邪小说，其情节结构模式也是有迹可循的：首先是一个外省人来到繁华似锦的都市上海，此人必定是有钱或至少是有闲阶层，或经商办事，或无所事事，或经历精神幻灭，但一般而言是生活无忧的并有一定知识储备的读书人或是有着优良资产的商场官场中人及其手下，他们由于新的社会环境和教育使然，或无力寻求新的人生图景，或因逐利因公事而汇聚办事经商，但一般都是以陷溺妓馆，寻欢作乐为主。甚至"嫖界英雄"章秋谷，原本也是"江南应天府人，寄居苏州常熟县"，但后来"时运不齐，十分偃蹇，十七岁便丁了外艰，三年服阙，便娶了亲"，然而，

---

① 鲁迅：《上海文艺之一瞥》，见《鲁迅全集》第九卷，人民文学出版社 2005 年，第 274—275 页。

"万斛清才，一身侠骨"的章秋谷，对夫人张氏的性情古执，风趣全无"气到无可如何之际，便动了个寻花问柳的念头，就借着他事，告禀了太夫人，定了行期"，先是到了苏州，随后辗转来到上海。

其次是一般小说的主人公，都会遇到一位引见者，或经由亲友间的互相拉拢介绍而结识，如赵朴斋、谢幼安等，或以叫局等方式，汇聚交往，除了对温柔乡的流连，更多的则是商人之间开展的商业活动的场所。再者则是一个接收者的存在，一般而言，堂子中都有一个以倌人为核心的家庭式团体，有相帮有娘姨有佣仆，而恩客则先是为其间的衣饰和外表所吸引，然后是物质和生活品位上的精神冲击，再者是倌人的相貌、神态、言语等方面投射出来的吸引力。此后，小说叙事便进入到了恩客与倌人之间的诈伪与真情的纠葛，一般而言都是恩客或倌人有一方陷入其中，并遭遇危机与绝境。最终则是出现所谓的拯救者、惩戒者或预言者，要么是"嫖界侠客"或"英雄"，往往在关键时刻出谋划策、拔刀相助，从而使得危机得以缓解事情得到解决；要么是事后现身或者是穿插到叙事过程中进行说教，劝善扬恶，指点迷津。

从这个方面来看，晚清上海的烟粉 / 狭邪小说"起—承—转—合"的形式结构便呈现了出来。而这其中，关键之处往往在于"转"，也就是小说中的"英雄"或者是劝诫者的重要性最为显著，因为他们的出现，通常能够化解危机，启示下文，并最终铺垫整个小说所追求的"合"。一般而言，英雄或者文本中出现的劝诫者，都有社会责任意识，对人物的遭遇有着通盘的而且是通脱的理解，要么是能承受有担当的角色，要么是立于道德制高点的外在于小说的伦理稽查者。譬如《九尾龟》的第七回，章秋谷的出现，不仅化解了日常生活现实层面的危机，而且还承担起了道德劝诫和伦理说教的义务，更重要的是，在"英雄"身上体现出来的叙事伦理，能够表征出更加深刻的历史内涵。

可以说，集中于所谓"享乐共同体"的描述，并以此为中心和线索不断铺衍，成为晚清小说尤其是烟粉小说写作的固定套路。这样的描写如果撇开传统的道德旨归，那么其中无论是失衡的叙写还是直书的映照，都提供了当是时上海社会的另一种历史状貌和文化想象。

然而，问题并不止于此。以上所讨论的，是以小说的叙事结构为角度，对晚清的小说所进行的结构主义式的分析。但问题并不仅仅在于指出其间的模式化叙事，更为重要的还在于小说自身内在活力乃至生命力的体现，否则，许多作品就仅仅是简单的重复和模式化的写作而已。因而，晚清上海烟粉小说中千篇一律的欢场情爱、你追我逐，情男欲女，在真情与诈伪之间，来回穿梭，如是这般缺乏变化的等质化写法，并非只有章法而没有突破。实际上，等质化的打破，更有利于为小说叙事的内部注入活水，令诸种文本重新焕发生机。

具体而言，打破小说叙事中的均质，对于晚清的小说而言，一般都依赖以下三种方法：其一是形式层面，也就是寄寓于人物日常起居与寻常情感生活的琐细的记叙，也就是鲁迅所言及的"平淡而近自然"的小说写法。其二则"英雄"的出现，如之前所提到的章秋谷、韩荷生，甚至是《留东外史》中的那个在日本地界翻云覆雨的中国留学生，都具备一身本领，出入于欢场，横行于世道。可以说，在这个过程中，"英雄"是主体蜕变过程中的雏形状态，叙事者往往想象出一种超然一切的类主体，完成写作者与叙事者心中的理想个体，并且与时代和族群相联系，以此试探现实历史的宽容度与可能性，并试图以一种巧妙的或强力的方式存在。第三则是通过小说的内在纹理，也即自身形式结构的变化，打破固有叙述模式的藩篱。无论是《玉梨魂》、《雪鸿泪史》中礼教和情爱的纠葛，还是《恨海》等小说中人性选择与历史遭际之间的碰撞，又或者是《海上花列传》的平淡自然与《歇浦潮》的人世沉浮，可以说，当难以遏止的情爱撼动传统的坚冰，当主体的知觉助长欲望的升级，在晚清的上海叙事中，情、理、欲、法、性、德之间的纠葛，所在颇多。而寄寓其中的失衡与隐言、直书与曲笔以及虚构与写实之间的暧昧不明，恰好给历史性的读解提供某种可能性。晚清的小说中频繁涉及的政治（官场、国际关系、租界等）、情欲（性别、欲望、情爱、婚姻）、世情（俗世、市民）、正义（善恶正邪）、幻想（幻梦、科学、未来）、革新（革命、科技、穿越）等元素，都将通过写作者自觉的叙事实践形成形式化的文本结构，也将不可避免地涵纳着小说作者、读者、叙事者、被叙事者之间无意的识欲望与时代征候 / 症候。

## 第二节　空间移动与欲望主/客体的建构

一

　　《九尾龟》第三十七回"真急色春宵圆好梦 假堂差黑色渡陈仓"中，陆兰芬一夜之间为了应付方子衡、余芹甫、陆小廷三个客人，因为通过在余芹甫与方子衡的房间来回穿梭，并且通过相帮的协助，假以外出应付叫局的形式，为对付彼此获得时间差的同时，也通过空间变动的形式，实现欲望的移变。直到第二天清晨，"那边房内的陆小廷，七点钟已经回去。兰芬一时打发了两人，又到方子衡房内殷殷勤勤的陪着他。方子衡哪里晓得兰芬一夜之间接了两个客人，依旧欢天喜地的照常相待。陆兰芬见他瘟得厉害，更把自己的全身伎俩施展出来，把个方子衡骗得伏伏帖帖的，竟把他当作世界之内有一无二的好人，渐渐露出要娶她回去的意思"。[①] 陆兰芬不动声色地服侍了两位主顾，这则是通过空间的转化移动，实现了欲望主体的建构；与此同时，与陆兰芬相对应的欲望客体——尤其是瘟生方子衡——也同样获取了欲望的满足，尽管其于蒙蔽之中不自知，但毕竟真情与诈伪之间，在如是这般的逢场作戏的妓院馆子，并不是区隔明确的，而且，

――――――――――

① 张春帆《九尾龟》第三十七回，南昌：江西人民出版社 1988 年。

妓院在空间上的设置，也有助于恩客与倡人之间的寻欢作乐。而作为欲望的主体/客体，往往通过家庭、街道、戏院、商业场与娱乐场等空间之间的切换与转移，寻觅到精神的慰藉与欲望的满足。

又如《海上花列传》中的沈小红和小柳儿，前者通过乘马车的形式，利用有利的交通工具以及城市平坦的道路，得以在空间的转换之中，寻求多元的欲望。而张春帆的《九尾龟》是清季公认最重要的"溢恶型"小说，在该书的第四十三、四十四回，章秋谷和陈文仙和王佩兰三人，演绎了一出扣人心弦的三角关系。可以说，在晚清都市上海最为盛行的妓馆之中，倡人与恩客既有金钱上的买卖关系，又有男女之间复杂的情感纠葛。其中之微妙与拉扯，所在颇多。真情与诈伪，往往转念之间，看透一层，就脱化一层；蒙蔽一点，就陷溺一点。因而，恩客与倡人之间尽管不能说毫无情感，但是彼此之间的关系却往往被置于一个尴尬的处境：讲情则易陷于伪，耽于伪一则情趣全无，二则实际上很难实现，风月场中，几番通透，几番陷溺，往往由不得自己掌控。才智聪明如章秋谷，本为时人构设之理想人物，游刃有余于情爱欢场，尚且不能进退自如，何况思情无度之凡夫俗子。因而，都市之欲望以及由欲望而生发的人性的贪婪与罪恶，并不是简单的道德惩戒就可以消泯的。妓院作为一个大的生存与享乐空间，从寻常的生活现场到寄寓其间的声色犬马，可以说，空间的换置，带来的是情感意识上的转圜，不同的空间之中设置出种类各异的功能性应用，同时也昭示着各不一致的精神寄托与情感依赖。

而且，不同空间的转换，还能令主体获取自由感、舒适度和独立性。甚至出身娟门也是一种追求独立、渴望自由的表现。譬如《歇浦潮》中的吴小姐。又如《海上名妓四大金刚奇书》中的魔礼青，都是意欲通过从家庭或社会的场域转入妓院之中，对于她们而言，这是一种逃离，也是重新选择生活的契机。

不仅如此，晚清小说中的上海叙事，人物的生活空间还与其身份地位和人际交往圈子密切相关。其中，有许多让人耳熟能详的地域空间，如四马路、三马路、大马路等，又如吉升栈、兆贵里、公阳里、西鼎丰等，以及章秋谷居住的纳字官房和从外地进入上海之际时常落脚的三杨泾桥长发栈等，除此之外，还有所谓的北市与南市（租界与华界）等。可以说，通过人物周旋于都市中不同的生活 / 商业 / 欲望空间，实际上还可以呈现出群体 / 个体寄寓其间的情感心理与道德伦理，人物与时代的精神维度也于焉显现。

## 二

而最为常见的，除了恩客与倌人寻欢作乐之娱乐场，还有的便是租界。在近代小说文本中，上海和租界是一条情节轴，人物活动无论如何外扩，最终又总是回到其间。租界既是生活重心和游歇之处，又是命运起伏所寄寓的场域。在和平时间，租界能给其中居住的国人与外人以生活的稳定感；而当战乱之际，租界对于可以避难的人而言则是舒适的，如躲避小刀会与革命军等时乱，《歇浦潮》的开头就是为了逃离义和团的。可以说，在晚清的上海，租界是一个制造平衡感的空间形态。在这里，人们生活无虞无忧甚至无惧。这也颇可体现都市上海人的另一面，也就是世俗的精神，可以说，在租界中，无论是官方还是民间，都市上海种种人生的世俗和巧妙，在外界纷乱和国族离丧的对照中，体现得毫无格。

而且，租界还给城市发展和都市上海人增加了认同感。如是这般的认同感，指示了在生命之虞和舒适的世俗生活与国家民族意识之间选择时，前者的重要性与前提性体现得尤为明显，并不是说民族国家意识在平民身上没有萌发。也就是说，晚清的小说中所呈现出来的租界，往往容纳着都市人的精明、巧妙、世俗乃至世故，譬如《海上名妓四大金刚奇书》第四十九回中，宣卿妻子李氏因吃醋大闹倌人胡月娥处，后胡威胁要叫巡捕，李氏吓得连忙逃跑。"任尔狮威恶，也怕外国人。"对于租界、巡捕、租界律法以及租界所蕴含着的殖民本质，在晚清小说中，少有对其进行反抗甚或是厌恶的情景，反而是深入其间，展现其中的世俗生活与人情世故。

之所以在这里对空间转换进行集中探索，一个是因为晚清的上海，如果在空间上作出切分，那么与传统最大的不同在于，公共空间和私人空间之间的作用区隔越来越大，彼此之间的功能性旨向也愈趋明晰；另一个则是在不同的空间中实现转换，其所必须依托的情感上的巨大转圜以及交通工具和交通工具所依托的特殊空间如平稳宽阔的马路，这些方面同样昭示了上海作为一个现代化都市，在欲望与追逐欲念的过程中，并不是一个抽象的概念式的讲述，而是存在着诸种必要的媒介和工具，而这些城市硬件和软件则往往对都市中人的欲望，具有承载或助推实现的作用；再者，空间移动对实现的欲望的转移或建构，尽管在小说中，多以负面的追逐出现，但对现代主体情感和意识观念的生成，影响所在颇多。

此外，如果暂时脱离欲望的层面，空间及空间的转换，同样可以在人物主体身上实现思维观念和文化视野的切换。在小说《九尾龟》的第四十三回中，辛修甫、贡春树、章秋谷等人与车夫争执，一开始在双方身上体现出来的是阶级和阶层的冲突和矛盾，随后，辛修甫将争吵上升为民族国家层面的问题：

> 你看他穿着一身奴隶的衣服，不晓得一毫惭愧，反觉得一面孔的得意非常，靠着他主人的势力糟蹋自己的同胞，就和现在的一班朝廷大老一般，见了外国人侧目而视、顺耳而听，你就叫他出妻献子，他还觉得荣幸非常，仗着外国人的势头拼命的欺凌同种。你道可气不可气？怪不得外国人把我们中国的人种比作南非洲的黑人，这真是天地生成的奴隶性质，无可挽回。你想，我们中国，上自中堂督抚，下至皂隶车夫，都是这般性质，哪里还讲得到什么变法自强！

只好同三两岁的孩子一般，说几句梦话罢了。①

　　由此可见，从私密的妓院转移到城市街道这样的公共空间，辛修甫、贡春树等人很快地便更换了另一套话语体系。这种切换虽然多少显得突兀，但是结合当时社会境况，不难看出，民族国家的危机愈发突出，愈能渗透到每一个国民内心，甚至是时常流连于欢场妓馆的嫖客，也能对其中的话语系统和言说方式了然于胸并脱口而出。在这种情况下，传统江湖／社会的路见不平拔刀相助的打抱不平的英雄意识和形象，与国民和国家意识产生了纠合；更为重要的是，如果结合辛修甫、贡春树与车夫的对话，从其知识构成与身份要素而言，实际上指示的是士人／才子与底层民众之间的冲突和对话，具体而言，一开始是辛修甫、贡春树等人的愤懑，随后是章秋谷到来之后的容忍，最后以妥协告终。在这其中，掺杂了国族意识、阶级观念以及人情人性等各种意识，如是这般的冲突，也成了社会情绪和情感的微缩。因此可以说，空间的变动，令人物的情感意识与思维程式发生了切换，不同的意识形态也掺杂其间，在相异的场域中不断变更，其目的在于适应或公或私的场域所提供的精神空间。

三

　　可以说，都市上海的市民群体，无论是欲望的主体抑或是客体，都存在着一种趋势，那就是往往将家国之大欲转化为私己之小欲，专注于生活，在考量、隐忍、曲折甚或是算计中，将小我充分地对象化，将寄寓其间的生活欲念对象化。这实际上一方面延续了明末以来的主体性成长，另一方面则是都市现代化过程中的欲望旨归与生活面向。不仅如此，晚清都市上海的欲望主客体形成的过程，更意味着现代人性至此出现了一次颇有意味的成熟，对物质的追求、情感的渴

---

① 张春帆：《九尾龟》第四十三回，南昌：江西人民出版社 1988 年。

望，表面上搁置或者绕开了"道德"的范畴与家国天下的遮蔽——在这里需要注意的是，其中也并非存在着不可调和的对抗或违反——却在客观上帮助中国情感道德的衍变以及群体／个人主体性之生成，凿开新的精神空间。

《海天鸿雪记》中有言："求所谓烟花之窟宅，风月之渊薮者，阙惟上海。上海者，商贾之所会归，行旅之所来往，繁富夥侈之状罄纸难述。彼燕赵之名女，吴越之丽姝，于是乎，充塞其间矣。今夫阅世久者，其媚人必工；慕利深者，其操术必巧；固有典裘货马，尽丧其赀斧而不悔者，牢笼之固，束缚之坚，不已狡乎？吾人征逐其间，其初视之，犹善舞之山鸡，能言之鹦鹉也，而若辈则竭其进退周旋之技，与夫操纵离合之方，务使矢之昭昭者，堕之冥冥而后已。"[①]欲念之争逐，其大空间自然是依托于都市上海，然而细究起来，在上海的公私场域，欲望主体穿梭其间，在一个牢笼中陷溺与脱逃，又踏入另一个更深更险的牢笼。如是这般对利益与欲望的追索，往往伴随着现代都市上海的市民群体的形成。

不仅如此，晚清的小说，还有一个在叙事中经常提及的群体，那就是"游民"——从各个地方游移到上海或者从上海华界游移到租界等，在空间上和生活中发生位移并对其生存状况和思想情感产生影响的群体，他们固然扎根于上海的生活现场，但是却又由于不断地迁徙和动荡，从而对都市上海有着更为复杂的认知和体会。例如，范伯群在评论《海上花列传》时，就指出了其中的"开创性的意义"，其中的一点就是"在世界步入资本化时代，许多国家的著名作家都曾以'乡下人进城'作为自己的题材。这是资本社会的一个具有世界意义的题材，因为很多现代化大都市皆是靠移民的大量涌入，形成人口爆炸，劳力资源丰富，市场广阔，交通便捷才得以

---

①李伯元：《海天鸿雪记·序言》，见《中国近代小说大系》，南昌：江西人民出版社1988年，第184页。

运转、扩容和建成。而在中国,《海上花列传》率先选择'乡下人'进城这一视角,反映现代生活的重要侧面:农村的式微,使贫者涌向上海;即使是内地的富者,也看好上海,将资本投入这块资本的'活地'。作品以此为切入点,反映了上海这个新兴移民城市的巨大吸引力,以及形形色色的移民到上海后的最初生活状态"。①这里范先生提到了几点是值得我们注意的,首先是人的问题,乡下人进城,传统社会流向现代都市的过程;其次是资本的流动,成为现代都市社会进程的主导方式之一,从而打破了传统社会的隔阂;与此相联系的是资本化时代的世界性问题,使空间以及对空间的认知和体验,得到无限的扩展。并且,在这个过程中,还体现了从清末以降的享乐共同体到扎根城市的生活共同体。由于战乱等原因,一大群不愁吃穿、家财万贯的外地人涌入上海的租界——这在民初的《歇浦潮》中多有体现,大批江浙等地的移民移居上海,他们无从知晓将在这个陌生的都市生存和躲避多久,因而,上海既是他们生活的立足点,同时也是他们事业和投资之处;其二不仅仅是男性,从当时诸多小说文本中也可以体现出许多女性独立面对生活的情况。三是人物从小空间妓院等向大空间生活现场的转移,而小说也对其生活有一个集中性的聚焦,或将其中之荒诞荒唐荒淫揭示出来以劝善惩恶,或对其中戏剧性和趣味性部分进行抽取,通过人物微妙的情感心理,将其生活之"心思"和实感之经验加以提炼。

然而,值得注意的是,从妓院到家庭,或者是立足于妓院之中的空间转换所带来的欲望追寻,固然是问题的一个方面;另一方面,欲望也有可能会被压抑和被限制。譬如,《九尾龟》这部小说最为独特之处在于,向来倌人以薄情寡义著称,诈伪成性,势利可恶。然而,小说设置了章秋谷这一"嫖界英雄",出入于欢场,进退自如,所向

① 范伯群:《海上花列传:现代通俗小说开山之作》,见《中国现代文学研究丛刊》2006 年第三期。

披靡。当倌人陈文仙从良嫁予章秋谷之际，便是小说非同一般的地方。也就是说，综观晚近小说，妓女从良，无一善终。然而，当妓女从良嫁给"嫖界英雄"之时，结局又将如何，这是小说提出的新的命题。而与此相对的，便是接下来呈现的李子霄与张书玉的情爱诈伪。张先是施计骗倒李，随后席卷其财物潜逃，上演了一出倌人骗婚出逃的保留曲目。之后的沈仲思和洪月娥亦如是。由此可以判断陈文仙从良的不同结局，与文本中所透露出来的意旨大有关联。当小说演述到了第八十一回时，又续上了章秋谷和陈文仙的戏份。出人意料的是，出身娼妓的陈文仙却毫无格地过起了相夫教子、甘于家庭生活，完全脱离了倌人的共性。甚至到了小说最后，在章秋谷落难困窘之际，陈文仙仍不离不弃，将其积蓄和盘献出。在这里，陈文仙不仅俨然成了传统的家庭女性，而且成了有情有义的人。这在晚清的小说中不可谓不罕见。

因而，在倌人回归家庭的空间调换中，其自身的身份转换显然是很难做到水乳交融毫无格的，所以《九尾龟》中的陈文仙委实令人疑惑。事实上，其作为倌人的身份在生存空间的切换中，是被压抑和掩盖了的，当然，这也需要一种像章秋谷这样的强有力的男权将其吸附住。然而，这无疑只是一种想象性的虚构，对英雄人物的百般烘托与极力渲染，恰恰反证的是当是时强有力之男权和英雄意识的匮乏与稀缺。而这也令空间的转换与欲望的形成和满足增加了另一重复杂性，也就是说空间的变更，同样会出于道德、情感等因素，导致欲望主体走向现代的进程发生阻滞和抗碍。

## 第三节 《海上花列传》与群体之历史：
## 絮语、情爱与女性声音的现代修辞

一

在晚清的上海叙事中，立足于妓院与妓女的题材颇多，然而这里所要提及的是，其中存在着较为明显的"经验"与疏离的"经验"问题，也就是说烟粉小说的叙事者，许多仅仅是有过类似的生活，现实经历与实感经验之间存在着偌大的鸿沟。往往旨在写一个故事，达到讽刺和惩戒的目的，却对人物缺乏起码的认同感，故而没有能进入人物的内部与故事的细部进行透析。在这方面，《海上花列传》是个例外。

《海上花列传》自叙其"全书笔法自谓从《儒林外史》脱化出来，惟穿插藏闪之法，则为从来说部所未有。一波未平，一波又起，或竟接连起十余波，忽东忽西，忽南忽北，随手叙来，并无一事完全，却并无一丝挂漏；阅之觉其背面无文字处尚有许多文字，虽未明明叙出，而可以意会得之：此穿插之法也。劈空而来，使阅者茫然不解其如何缘故，急欲观后文，而后文又舍而叙他事矣；及他事叙毕，再叙明其缘故，而其缘故仍未尽明，直至全体尽露，乃知前文所叙并无半个闲字：此藏闪之法也"。<sup>①</sup>晚清最具代表性的小说无疑要数《海上花列传》，而其"穿插藏闪"的小说技法，更是奠定其文学史地位之关键所在。具体而言，也就是说尽管在小说叙事过程中，由于语言的限制，只能一次表述一支的线索，然而，每支叙事敷衍下来，却各各交代完整，不仅毫无挂漏，而且人物之性情运命，更显得"平淡而近自然"。但是事实上，《海上花》为人所称道的"穿插藏闪"，显性时间不断铺叙衍展开去，而其中的隐性时间则打破了传统的直线叙事，时间在静止与流动、显现与藏匿之间，存在着一种紧凑与张力。

需要指出的是，这与小说的人物和情节安排有着密切关系，正因为形形色色的人物需要逐一登场，形成一种史诗性的至少是浮世绘式的人物"合传"，因而在叙事过程中既要顾及现下人物的背景、出场以及物事诸端，又不能舍弃先前人物的来龙去脉，以保持线索与格调的一贯性。从而使得小说出现了中国叙事文学中少有的，在情节线索的牵引推演的或隐或现的过程中如此自然而且水到渠成的效果。由于小说中"不但是堂子里的倌人，便是本家、娘姨、大姐、相帮之类的经络，与其性情、脾气、生活、遭遇等，也全都观察了；甚至连一班嫖客，上至官僚、公子，下至跑街、西崽，更下以至一班嫖客的跟班们的性情、脾气、生活、遭遇，也全都观察了"。<sup>②</sup>这种状况在客观上延展了文本世界的时间，而无论是商人买办，还是倌人佣仆，甚或是戏子与地痞，各色人等来回穿梭，吞吐出晚近上海社会的复杂状貌。

然而，这里并非想以这部小说来讨论晚近的上海历史，而是试图另辟一路，通过切入恩客倌人之间最寻常却又往往为人所忽略的

---

① 韩邦庆：《海上花列传》，见《例言》，南昌：江西人民出版社 1988 年，第 2 页。
② 范伯群：《〈海上花列传〉：现代通俗小说的开山之作》，见《中国现代文学研究丛刊》2006 年第三期。

两性之间的情感交往方式，回归到人物最切实的生活现场和情感世界，揭示"列传"之中各色人等的情感表达及其中诸种面孔的喜怒哀乐，尤其通过欢场中人的类似于恋人般的"絮语"，譬如发嗲、啼哭、娇嗔、斗嘴甚至拳脚相加等，指出其中情感的寄托与投射及其中的生活实感，值得注意的是，如是这般的"絮语"，与传统以至晚近空疏阔大的家国天下之认知形成了参差的对照，并进一步构成补充甚或是对抗的态势。尤其是通过《海上花列传》冲淡平和的一面，不仅将以往历史中被压抑和贬斥的倌人—恩客群体的生活现场还原，同时也以此彰显出现代主体于主流历史之外的生活状貌。兴许，这种被区隔于大历史之外的人情人性，同样也代表着另一种史的考量。

## 二

小说第二回，写赵朴斋走到"卫仙霞书寓"门口，"阿巧"突然跑出来，"一头撞到朴斋怀里"，正待发作之际，"只听那大姐张口骂道：'撞杀耐啋娘起来，眼睛阿生！'"然而，一个小丫鬟怒气冲冲的"骂"，在赵朴斋的耳朵里却成了"娇滴滴的声音"，甚至使他的一腔怒火消失殆尽。[①]吴侬软语出自堂子中人之口，更是令温柔乡中的莺歌燕舞愈加动人心魄，即便是不甚和谐的声音，也能嗅到几分生活的气息，人物的小情小性出落于其间，可感可知可叹。第一回，杨家姆与陆秀宝劝说张小村攀相好而不得，后小村戏谑赵朴斋时，秀宝"忙放下脚，拉朴斋道：'耐'复着张小村，把嘴披下来道：'耐相好末勿攀，说倒会说得野哚'。"[②]而在第八回里，罗子富于王翠凤之间，便由于蒋月琴的存在，爆发了激烈的冲突，一方面是歇斯

---

①韩邦庆：《海上花列传》第二回，南昌：江西人民出版社1988年。
②韩邦庆：《海上花列传》第一回，南昌：江西人民出版社1988年。

底里的争风吃醋，另一方面则是罗子富无奈讪笑的步步退让，其间可见王翠凤性情之刚烈激越，"我先搭耐说一声，耐到蒋月琴搭去一棯，我要拿出耐拜匣里物事来，一把火烧光个晥"。无话可说的罗子富在面对此一威胁时，也只是无奈的"吐舌摇头"说道："阿唷，利害哚！"①可以说，斗嘴使两性在情感生活中的性情脾气毕现，人物的性格也呼之欲出，尤其是女性，在拌嘴过程中的发嗲、斗气、怨闷及其小情绪小心机，也显露无遗。正如罗兰·巴特的《恋人絮语》所言："争吵就像个句子。从结构上讲，并不一定非要在什么地方打住话头，没有内在的羁绊可以止住它。因为像句子一样，只要给一个核心（某个事实，某个判断），它便可以无穷无尽地衍生下去。只有争吵的结构以外的一些情形因素可以平息争吵：双方筋疲力尽（光有一方疲倦了还不够），外人的出现（《维特》中是阿尔贝特），或者是冲动忽而转变为恶意时，除了这些因素之外，任何一方都无力中止这场争吵。……像恋爱一样，吵嘴也得有来有去才行。争吵就是这样没完没了。就像语言一样：吵嘴本身就是语言，无穷无尽中的一段；'得寸进尺'，自打有人类以来就一直没有沉默过"。②由此可见，在罗兰·巴特看来，斗嘴和吵闹形成了一种语言，尤其是在恋人中间，这样的语言是无穷无尽的，当然也是无可伪造的，因为它肆意蔓延，自行其是，不受控制。

因而，对《海上花列传》中无论是倌人与倌人，还是倌人与恩客，甚或是其与家奴娘姨之间吵嘴和争执进行一番考究，有助于辨别出真正的女性声音。因为在对女性声音进行定位、鉴别和分析的过程中，需要警惕的是男权的政治的声音会假以女性之口进行言说，因为正如高彦颐所言："原来发自女人嘴巴的声音，未必尽是'纯粹'或

---

① 韩邦庆：《海上花列传》第八回，南昌：江西人民出版社 1988 年。
② 罗兰巴特：《恋人絮语》，汪耀进、武佩荣译，上海：上海人民出版社 2009 年，第 197 页。

'真正'的女性声音。"① 综观晚清的上海烟粉小说，可以见出的是，尽管在倡人的真情与诈伪之间，也存在着许多与男性的分庭抗礼成分，但很多仍然为小说主旨所追崇的祛恶的叙事伦理与劝讽的文本宏旨所统摄。因而便需要对真正的女性声音进行辨析。而纯粹的女性声音，其所对应的精微的呢喃的絮语，只有在细部的无意识之处渗出，于形式化与文本化的细节之中隐现，方才得以在自我呈现的过程中，获取自我的主体性与真实性。

　　而以更为激烈的方式出现的，便是倡人与恩客或者倡人之间的争吵甚至是混架。小说第九回，张蕙贞随王莲生于明园休憩，这时沈小红闻讯赶到，一出场便对张蕙贞大打出手，"打得蕙贞桃花水泛，群玉山颓，素面朝天，金莲堕地"，一阵的歇斯底里之后，"小红被堂倌拦截，不好施展，方才大放悲声，号啕痛哭，两只脚踩得楼板似擂鼓一般"。一时间，"哭骂"、"海骂"不绝于耳，明园顿时间陷入一片混乱。② 即便是处理如此纷乱的场面，整个小说的叙述依然显得有条不紊，张蕙贞隐忍中透露不甘，而沈小红则是飞扬跋扈之中隐含着愤懑可怜。

　　小说的第四回，倡人张蕙贞要"调头"搬至东合兴里大脚姚家，正因 "包房间"要花费的三十块洋钱一个月犯愁，这时洪善卿撺掇道："有限得势。单是王老爷一干仔末，一节坐下来也差勿多五六百局钱哚。阿怕啥开消勿出？"此话一出，张蕙贞便转向王莲生闹起了性子，以至于老娘姨向其询问鸦片烟盘放哪儿时，其面带嗔怒地说道："生来摆来哚在床浪哉哊啰，阿要摆到地浪去？"③ 就这么一句带着小情绪和小性子的说话，将张蕙贞内在细微的心思巧妙地表

① 高彦颐：《〈痛史〉与疼痛的历史——试论女性身体、个体与主体性》，见《公与私：近代中国个体与群体之重建》，第 197 页。

② 韩邦庆：《海上花列传》第九回，南昌：江西人民出版社 1988 年。

③ 韩邦庆：《海上花列传》第四回，南昌：江西人民出版社 1988 年。

现了出来。其中并没有过多地对张蕙贞的言谈举止进行渲染，而是通过女性独有的"声音"，以一句透露出耍性子性质的略显不耐烦的隐幽言语，表达出了对王莲生的不满。第十三回"挨城门陆秀宝开宝 抬轿子周少和碰和"写陆秀宝跟赵朴斋发嗲，"（陆秀宝）一屁股坐在朴斋大腿上，尽力的摇晃，问朴斋：'阿要调皮嗄？'朴斋柔声告饶。秀宝道：'耐去拿仔来就饶耐。'朴斋只是笑，也不说拿，也不说不拿。秀宝别转头来勾住朴斋头颈，撅着嘴，咕噜道：'倪勿来，耐去拿得来捏'！"[1]如是对情绪性情的摹写，固能洞悉女性最幽微的内心，但更为重要的在于，在形形色色的女性形象展示出其真实动人之余，小说的叙事在一种"穿插藏闪"的线条交织中，也变得活灵活现起来，尤其是其中所延及的倌人群体的形塑，甚至构成了其作为"享乐共同体"自身存在的合理性，也就是说，平淡自然的叙事，令《海上花列传》中的各色人等，都变得可感可知，从而构成一方真切可信的历史，令小说的虚构与现实历史的真实之间，并无鸿沟和裂隙。

当小说推进到第四十一回，娘姨阿珠撞见沈小红与小柳儿之间的奸情，并"倾筐倒箧"地向张蕙贞道破时，张"得意到极处，说一场，笑一场"。随后王莲生归来，张蕙贞更是"历述阿珠之言，且说且笑"。当中可见张蕙贞幸灾乐祸的得意之情，她本以为王莲生会因此而恼怒，从而进一步将他争取过来；但出乎她意料之外的是，"莲生终究多情，置诸不睬"。[2]其中当然不可排除王莲生为了自己的脸面，不愿再提及此等丑事，但由此更为显而易见的是，即便是恩客与倌人之间寻欢作乐的关系性质，尽管彼此将生命投放于欢场，但只要是情感的付出，即便是生命蹉跎，毕竟诈伪之中，也不乏真情，各自

---

① 韩邦庆：《海上花列传》第十三回，南昌：江西人民出版社1988年。

② 韩邦庆：《海上花列传》第四十一回，南昌：江西人民出版社1988年。

的情谊也会于焉显现,人物之间的复杂微妙之情绪情感也得以由此而见出迹象。从这一方面而言,更有甚者则无疑是陶玉甫与李淑芳,李病入膏肓,陶不仅多方为其觅良医,而且衣不解带,陪伴照顾左右,甚至于伤心处,"从丹田里提起一口气,咽住喉管,竟欲哭出声来",淑芳辞世时,更是"喉音尽哑,只打干噎",之后"自早至晚,往返三次,恸哭三场",不可谓不情深义重。因此可以说,在《海上花列传》这样的平淡而近自然的作品中,恩客与倌人之间的悲欢离合显得尤为真切,两性之间情感世界也演绎得淋漓尽致。关于这一点,如果回到沈小红、王莲生与张蕙贞之间的三角关系,则同样体现得颇为突出。如第四回,王莲生从张蕙贞处转到沈小红处,后者先是一顿的冷嘲热讽,咄咄逼人,随后逐渐趋于缓和,最终在王莲生的哄护下归于平静,其中女性内心较为真切的情绪起伏与性情流露,自然而不露雕琢痕迹。而沈小红与张蕙贞的表面温婉达礼实则是在忍辱负重中暗藏玄机不同,其刚烈与暴躁往往溢于言表,不遮不掩,确乎活脱脱的人性和生命充塞其间。

不仅如此,倌人向恩客发嗲邀宠甚至是献媚的过程,同样成为一种独特的声音,在《海上花列传》等烟粉小说中回旋不断。尽管这样的声音是倌人自身为了获取更多的生活资料,是为己身之存没与生计所着想,但从中清晰地显露出了女性自有的姿态。小说第二十九回,金爱珍和金巧珍姐妹俩的媚态,便通过其意欲挽留洪善卿和陈小云的过程而可见一斑。"善卿恍然大悟,烦恼胥平,当即起身告别。金巧珍向小云道:'倪也去哉哝。'小云乃丢下烟枪,慌的金爱珍一手按住,道:'陈老爷勿要去哉。'一手拉着巧珍道:'耐啥要紧得来?阿是倪小场花,定规勿肯坐一歇哉?'巧珍趔趄着脚儿,只说:'去哉。'被爱珍拦腰一抱,嗔道:'耐去呀,耐去仔末,我也勿来张耐个哉!'小云在傍呵呵讪笑。洪善卿便道:'耐两家头再坐歇,我先去。'说着径辞陈小云出房。金爱珍撇过金巧珍,相送至楼梯边,连说：'洪老师明朝来。'"①倌人对恩客的发嗲、献媚，固然是为了留住生意，挽留客人，但也于无形之中，形成了其行事风格和性情习惯，这于晚近女性的主体性之形塑，提供了另一种样本。如果撇开传统的道德审判眼光，移除一般性的职业歧视，那么将晚清上海堂子中的倌人自身的情感生活作出细致的考究，那么将如实这般的声音视为女性现代意识的发端，大致不差。

而由于声音的发出与自身主体意识的萌发，"女性"便在都市上海开始从模糊和压抑的土壤中生长出来，并通过欲望的追逐而得以固化。如果对晚清小说中的上海叙事进行一个综合的考究，可以发现，恩客与倌人之间的情感游戏，往往是通过最为寻常的吵嘴、斗气、撒娇以及哭啼等方式加以呈现，如是这般的情感话语，使得彼此的情致和情愫被充分调动起来，这也成为女性自我意识发端和形成过程中不可或缺的要素。这是问题的一个方面，更为重要的地方在于，"情"的扩展和蔓延，在女性主体身上形成了新的知觉形态和感觉意识，现代意念的相互沟通，可以为主体间交互往来的感知和分享，以及在此过程中形成的更为广泛而深化的精神志向，提供重要的前提。

韩邦庆曾说："合传之体有三难：一曰无雷同。一书百十人，其性情、言语、面目、行为，此与彼稍有相仿，即是雷同。一曰无矛盾。一人而前后数见，前与后稍有不符，即是矛盾。一曰无疏漏。写一人而无结局，挂漏也；叙一事而无收场，亦挂漏也。知是三者而后可与言说部"。②《海上花列传》是如何游刃有余地处理"合传之体"的？这是问题所在，即便其将笔触聚焦于妓家堂子中人的喜怒哀乐，叙述的是其最为寻常平淡的"性情、言语、面目、行为"，表面看来似乎无足观，但在铺陈与延展之中，依然令出场的"百十人"无一雷同，而且从中昭示出另一幅历史的画卷——通过恋人之间的絮

①韩邦庆：《海上花列传》第二十九回，南昌：江西人民出版社 1988 年。

②韩邦庆：《海上花列传·例言》，南昌：江西人民出版社 1988 年。

语，呈现出一个长时期以来居于历史边缘、被道德化的历史掩盖的女性声音，如是这般的声音，可闻可感，可爱可信，其中之人情人性，感人肺腑。这便是此一小说之精妙所在。

三

罗兰·巴特在其《恋人絮语》中曾指出："通过衣着打扮、发式和起居习惯神经质地显出一副苦相（完全是自讨的）。这不失为一种自如的退避；又恰到好处地显出可怜相的楚楚动人之处。"①恋人之间的絮絮情话，组成了一个最为基本的情感序列，参与到日常生活世界之中，其中的万般情爱、万种风情，更是昭示了枝枝蔓蔓的生活和情感现场，这不仅是对以往固有之历史观念的解构，而且是对固若金汤的社会偏见与历史偏颇的消解与对抗。正如罗兰·巴特所言，"在信奉基督教的西方，至今仍由一个规矩，即'阐释者'是力量源泉的中转（用尼采的话说，就是犹太教的大祭司）。但爱情的力量却无法中转，不能经过阐释者传达；它原封不动，始终凝聚在原有的语言层次上，像着了魔似的执著坚定。这里的主角不是牧师，而是恋人"。②爱情的存在，并不存在任何的逻辑与既定的准绳，其自身所附带的解构功能，在罗兰·巴特如水流般四处蔓延的言语芜草中，更是彰显无遗。而回到小说《海上花列传》，其中所陈述的倌人与恩客之间你侬我侬的情感生活，既无关乎当是时历史大流的社会趋势，也与政治、家国相去甚远，无形之中便形成了一种罗兰·巴特所言及的解构之力，当然同时也形成了重构与再造的可能。

推而广之，如果联系晚清的小说，尤其是展现倌人恩客生活的文本，将其与当是时风云变幻的晚近历史作出对照，可以见出，一方面

①罗兰巴特：《恋人絮语》，汪耀进、武佩荣译，上海：上海人民出版社2009年，第25
②罗兰巴特：《恋人絮语》，汪耀进、武佩荣译，上海：上海人民出版社2009年，第15页。

是民族国家外扩式的男权/父权式的强力叙述，另一方面是女性絮语般的情话连绵，两种声音相去甚远，被遮蔽的群体与欲望，形成一种隐性的龃龉与对抗。然而需要指出的是，这是对大历史的一种重要补充，尤其是如《海上花列传》这般发展出一脉平和冲淡的文学文本，更是将被家国历史所遮蔽的生活、情爱重新召唤出来，由此形成的客观作用在于丰富了现代意识产生过程中单一化的感觉结构，从而回归到更为真切的生活现场与情感世界。正如高彦颐在论文《〈痛史〉与疼痛的历史——试论女性身体、个体与主体性》中所提到的："民族主义的论述一味执着解除国耻，缠足妇女身受的私人羞耻，是没有多少人付出同情的"。①由此可见，执念于家国历史无法自拔，甚至以此为圭臬的观念，并不有助于人性与人道的养成；相反，如果将晚清众声喧哗中被遮蔽的因素进行还原，对这一历史时段中不容忽视的女性群体自身特有的发音/声音加以揭示，那么，这样的声音，作为建构自我以及围绕着如此这般的自我所形成的社会历史样态，甚至通过己身的生活状貌和情感表达，对大历史作出了无言的抵抗。如是这般的于"无声"处发出幽微的细腻柔软之"絮语"，便得以从边缘的甚至是被压抑被审判的声音中摆脱出来。而建立于消解意义层面上的反抗，尽管并不是一种直接的抗争，但如果以一种平等的态度对其加以揭示，那么起码可以避免的是这一在晚清的上海被频繁述及的重要群体，被固执的历史执念轻易地排除出去，使现代女性真切的声音不再游离于中心，而得以于边缘复归。

对倌人群体的描述和叙说，无疑映现了《海上花列传》之"列传"体式，事实上，"列传"出于司马迁的《史记》，而为一人物群体立传，由《史记》而始，则成了中国史书记述的重要体例。然而到了晚清，梁启超却提出："中国之史，则本纪、列传，一篇一篇，如

---

① 高彦颐：《〈痛史〉与疼痛的历史——试论女性身体、个体与主体性》，见黄克武、张哲嘉主编，《公与私：近代中国个体与群体之重建》，南港：中研院近史所 2000 年，第 196 页。

海岸之石，乱堆错落。质而言之，则合无数之墓志铭而成者耳"。在梁启超看来，史学著者凌驾于人物之上，故只见"墓志铭"而不见鲜活之"人"，究其原因，便是人物之性情情感，往往湮没在政治、历史之间，最为真切感人的部分经常是被遮蔽的，如此之记传，又何来"鲜活"。接着梁启超指出，历史应当如何呈现群体之历史，"夫所贵乎史者，贵其能叙一群人相交涉、相竞争、相团结之道，能述一群人所以休养生息、同体进化之状，使后之读者爱其群、善其群之心，油然生焉"①。可见，梁启超之所以重提为群体立传一事，其最终之目的，是为了召唤"我国民之群力、群智、群德"的发生，以群体丰赡和推动历史发展之进程，更为重要的是，梁启超所述之群体，而平等之意识的形成，这是群体之所以既能各为其是，又可以相互往来交互的关键所在。

按照梁启超的观点，对群体的关注与记录，是为了"群力、群智、群德"之养成，然而可想而知的是，妓家与恩客之间所构成的"享乐共同体"，因对其道德层面的质疑，无疑是作为其对立面而出现的，也必然是被排斥于"群力、群智、群德"之外的所在。从小说主旨所强调的劝诫意味以及传统社会的价值准绳而言，此一共同体背负着沉重的道德稽查。倌人与恩客包括围绕其间的形形色色人物，既是被铺陈和集中书写的对象，却又是被阻断和被审判的声音，譬如《海上花列传》第一回即开篇明义："方其目挑心许，百样绸缪，当局者津津乎若有味焉；一经描摹出来，便觉令人欲呕，其有不爽然若失，废然自返者乎？花也怜浓具菩提心，运广长舌，写照传神，属辞比事，点缀渲染，跃跃如生，却绝无半个淫亵污秽字样，盖总不离警觉提撕之旨云"②。这种悖论式的内在龃龉，指示了晚清部分幻灭的读书人，于世纪末的颓废中，成了一种"多余人"，他们既津津乐道

---

① 梁启超：《中国历史研究法》，北京：中华书局 2009 年，第 177–178 页。
② 韩邦庆：《海上花列传》第一回，南昌：江西人民出版社 1988 年。

于享乐逐欲，同时又受到道德的稽查与审判，在华丽与颓废共生的上海都市之中，叙事话语也同样变得暧昧不明，这些无疑都成了时代历史无意识的重要表征。

然而，必须指出的是，梁启超所述，自然有其道理，在家国民族意识萌生之际，如何重构群体之力量，重新唤起一种新的强有力的民族性，这对于素有政治抱负的梁氏而言，无疑是迫在眉睫的。但是必须看到的是，其实梁启超又何尝不是落入了自己所设定的窠臼之中呢。也就是说，梁启超所倡及的新群体以及对新"列传"的倚重，事实上依旧是以家国、政治和社会功能为核心进行的改制和考量，这在无形之中便掩盖了那些远离庙堂之上的民众及其日常生活，更毋宁说可以通过个人之微妙复杂的情感加以叙写，从而为新的情感结构与感知状态的形成提供新的因素和条件，从这一角度而言，其也与新的人性和道德观念的建立相去甚远。

事实上，晚清以降，小说之地位陡升，已成不辩之事实，也就是说，小说从以往的稗官野史的"小道"——尤其当梁启超在《论小说与群治之关系》中，将小说纳入"群治"之范畴时，小说之于民族国家的历史，其力量已经日益显露——升华到不再"无足观"，而得以携"及物"之形态，进入并建构近代中国之历史，参与到"群力、群智、群德"的造设之中。从此一层面而言，"专叙妓家"的《海上花列传》中的倌人/恩客乃至聚集于其间的人物群体之形成，则具有了与以往的强盗、文士、闺娃等所塑造的被排除在历史之外的群体相迥异的内涵。正如《海上花列传》的例言所说："或谓书中专叙妓家，不及他事，未免令阅者生厌否？仆谓不然。小说作法与制艺同：连章节提要包括，如《三国》演说汉魏间事，兴亡掌故了如指掌，而不嫌其简略枯窘；题要生发，如《水浒》之强盗，《儒林》之文士，《红楼》之闺娃，一意到底，颠倒敷陈，而不嫌其琐碎"。可以见出，韩邦庆在下笔书写篇中人物之时，特别注重的是怎么写的问题，这样做的客观效果在于,晚清小说中几乎千篇一律的惩戒劝善之目的被淡化了,也就是说,如果将如是自觉的小说形式构造置于晚清的大背景下,尤其是将《海上花列传》与梁启超所谓之新史学相对接,那么可以言明的是,晚清集中于"妓家"的排山倒海的叙述占据了不少历史想象空间,但这其中往往存在一种反面的带有批判甚至是审判性质的善恶辨析因素,而韩邦庆并不如是观,而是将"妓家"的生活现场与情感世界还原,一直还原到一种近乎寻常人家/普通人的喜怒哀乐和生老病死,这就与梁启超所提到的"群力"、"群智"乃至于"群德"都存在着或多或少的关联,至少其不会也不应排除在历史的想象和建构之外。而正是在这个过程中,女性声音从泪没、模糊、清晰以至喧哗的现代性转变开始,这样的经由个性的充盈而获得主体建构的历程,以及以"享乐"为核心而维系起来的"享乐共同体"之间的交往、互动,往往暗示着一种主体性以至主体间性的发生和形成,尤其是在絮语、情话所代表的交会融合,以及啼哭、吵闹所构成的撕扯疼痛,也同样指示着晚清小说"众声喧哗"之一端,进而参与到现代民族国家历史与日常生活历史相生并行的建构之中。

## 第四节 《海上繁华梦》与历史无意识：
## 幻梦、惊醒与话语符码的建制

一

鲁迅在《有无相通》中就揶揄了"什么'……梦''……魂'
'……痕''……影''……泪'，什么'外史''趣史''秽
史''秘史'，什么'黑幕''现形'，什么'淌牌''吊膀''拆
白'，什么'噫嘻卿卿我我''呜呼燕燕莺莺''吁嗟风风雨雨'，
'耐阿是勒浪要孔哉！'"并提出"我们改良点自己，保全些别人；
想些互助的方法，收了互害的局面罢！"①从而将其对近现代通俗文
学所标签的"旧"最后转化成了"害"加以否定；茅盾更是毅然反对
"解闷"和"陶醉"的文学，将"新""旧"文学视作是非此即彼
的，并热情呼唤"大转变时期"的到来："我们希望文学能够担当唤
醒民众而给他们力量的重大责任。我们希望国内的文艺的青年，再不
要闭了眼睛冥想他们梦中的七宝楼台……"②因此，对于"五四"新
文化运动的话语策略和生产机制而言，其所要遏制和推倒的不仅是一
种消费性（包括对身体与欲望的消费）、"政治性"（包括文学的政

①鲁迅：《有无相通》，《鲁迅全集》第一卷，北京：人民文学出版社 2005 年，第 382 页。
②茅盾：《茅盾文艺杂论集（上集）》，上海：上海文艺出版社 1981 年，第 160 页。

治和现实的政治）以及娱乐性（包括倡人与恩客之间的狭邪交媾），
而且在具体的思想指向、创作题材和形式选择上，同样对晚清以来的
旧"梦"进行结构，从而达到揭露、批驳以至重建的目的。

新文学对晚清小说（尤其是通俗小说）的贬抑，虽说通过特定
的话语建构形成了新的理论形态和文学姿态，然而却由于片面简单的
否定，不可避免地产生了偏见。关于这一点，王德威的《被压抑的现
代性——晚清小说新论》中，已经作出了非常详尽的说明。晚清的小
说，可以说是都市语境与生活状态的见证，如果将这些小说都还原为
历史的文本，那么确乎能够解析出时代历史的多重语境与诸种维度。
这里立足于晚清小说的上海叙事，所要探讨的并不仅仅是在"想象"
中建构起来的上海及其都市镜像，而更为重要的是，一方面"实物"
的上海与"幻象"的上海的交织、纠葛与碰撞，另一方面在这个过程
中还形成了形态各异的"梦思"，代表着层次不一的空洞的实质与充
实的幻象，而现代情感结构的建制也将于焉呈现。

不仅如此，聚焦于上海书写与都市语境的晚清小说，其特定的
文本形式所呈现出来的美学探索，颇值得玩味与追索。无论是恩客倡
人之间的身心交合，还是都市日常生活中对物质资本的谋求，或者是
报纸杂志、器物摆设，甚或是小说叙事中的故事与人物之开端终局，
都有一个重要的相似之处，那就是抽象的务实。也就是说，都市的样
貌，往往以物质为核心，传达出精神、心灵与情感的寄托；而情感的
投射与精神的铺衍，又是物质的。因而，越抽象的物事，在都市的生
活中，却又越容易简单还原。

对于梦境而言，无论是谢幼安的梦起梦落，还是赵二宝的梦魇，
再延伸开去，包括《老残游记》中的梦境，可以说，晚清小说中的梦
境以及对梦境的叙述，同样是一种抽象的务实，看似虚无缥缈的所
在，事实上所对应的，是最切实的心理体验和现实匮缺，不仅是人心
人性的幽微，而且还指示着大时代与大历史的趋向。

# 二

《海上繁华梦》原题《绣像海上繁花梦新书》，分初集、二集和后集，历一百回，凡百余万字，先后于1903—1906年出版。小说作者署名海上漱石生，其真名实为孙家振，字玉声，上海人，曾为海上杰出报人，编辑过《申报》、《新闻报》等名动一时的报刊，代表作有《退醒庐笔记》等。然而，《海上繁华梦》历来不受重视，读者寥寥，其原因，大致起于上述胡适、鲁迅等新文学作者的贬抑。胡适显然对《海上繁华梦》与《九尾龟》等作品颇有微词，指出其"所以能风行一时，正因为他们都只刚刚够得上'嫖界指南'的资格，而都没有文学的价值，都没有深沉的见解与深刻的描写，这些书都只是供一般读者消遣的书，读时无所用心，读过毫无余味"。[①]鲁迅在《中国小说史略》与《中国小说的历史的变迁》中，则将此类作品归为"狭邪"一派，其中不乏讽刺之意，指出小说中"溢美"与"溢恶"的淫糜之气，直言其格调不高，于道德与美学无所裨益。纵观后世对《海上繁华梦》一类作品的偏见与误解，大致遵循类似的评价；然而细细探究，这样的评价固然有其洞见，但简单的否定背后，似乎也不可避免地存在着盲视。关键在于，《海上繁华梦》等所谓"狭邪小说"是否真如胡、鲁等人所说的不堪入目，如果答案是否定的，那么，小说得以名动一时的价值何在？启示何在？本文即立足于近代小说所结构的文本世界，以《海上繁华梦》为中心，贴近人物处境与故事脉络，以细读的方式，重新返回历史现场，在与现实历史的互文性解读中，体认人物的精神困境与生活状态，指出生存空间与社会风气的转化对人物内心及故事进程的影响；并且在此基础上，深入到小说所结构的宽广的历史图景与生活现实，触摸时代衍变的脉搏，探究由此发

---

[①]胡适：《〈海上花列传〉序》，见韩子云著，张爱玲注译《海上花开：国语海上花列传》，上海：上海古籍出版社1995年，第12页。

生的道德伦理渐变,以近代小说中所包孕的历史困境与精神纠葛作为出发点,进一步启动对近代历史转型的再考察,重新思考文化更新过程中的精神现象、价值观念与生活真相。

科举制走到晚近,尽管弊端重重,然而对于知识阶层而言,满足了一种确认的想象,圣贤经传更多的是一种精神寄寓,为传统的士人提供充足的幻象;而科举的打破,传统的"梦的稽查"被撤销,虚空的意识需要新的填充实体。在这里有一个新的情感面向的问题。而在现代都市上海所兴起的妓馆文化以及寄寓其间的鸦片烟、吃酒碰和等娱乐,更是将饱和的身体欲求与虚空的精神幻觉相结合。当精神的快感替代了寒窗苦读,也就难怪诸多传统士子深溺其间;而妓馆所开辟出来的新的场域,更是将商场、官场等人出没其中,或享乐生活经商买卖,或公私混淆结交圈子;而且不同的馆子满足迥异的人群,一种消费文化携欲望与身体侵入都市的肌体,各色人等往往入迷、沉溺于焉而无法自拔,甚至倾家荡产妻离子散亦不忍抽离。尤其重要的是,晚清小说中,更是将妓馆的境况纳入到人物的生活方式之中,无论是慵懒享受,还是骄奢淫逸,都成了个中人物最为寻常也最欲罢不能的生命状态。

《海上繁华梦》一开始,就以直白的语势,讲出了十里洋场的灯红酒绿和纸醉金迷。作者的目的,是要讲一个"饱学秀才"流落风尘的故事,借此以行惩戒劝善之意旨。随后,笔触落在了主要人物谢幼安身上,一个幻梦引领着他走出现下封闭的时间,"一经卧倒,早入黑甜,朦胧之间似有一人手拉手儿,飞也似的出门而去"。在这里,"飞也似的"表现出了谢幼安游离于原来生存空间的速度以及强度之迅之猛。随后,拉着他走的杜少牧突然"将手一撒,不知所往",谢幼安被置于一个未知的混沌的空间世界之中,"人烟稠密,灯火辉煌,往来之人,衣服丽都,舆马显赫",很难想象一个逸居于传统世界中的古典才子,能够做出这样的梦幻,如果将其视为叙事者的特意安排,大致并不为过。最后,谢幼安独自一人在曲折昏暗的小路上踽踽独行,却发现杜少牧为众人围困,谢救友心切,"咬牙切齿的一伸手,在怀中拔出一把剑来,三尺多长,寒光闪闪,甚是怕人,向众人一挥;回转头来,又向自己当心直刺,心坎间忽然放出灵光一道,照得幽径通明。那一班人,发一声喊,一哄散去"。① 谢幼安之梦,成了整个"繁华梦"的开端,其遭众人围困,实际上预示其后来在上海欢场中的跌落陷溺,忘却家国天下的抱负,转而跌入欲望的泥淖。小说一路写去,人物各领运命,或窘困,或平淡,或隐逸,随着梦境的苏醒,幻梦惊觉,经繁华以至凋零,恩客倌人出入其间,感受时代的沉浮与都市的冷暖,无处安放的情感将归于何处?这是小说提出的重要命题,也是历史更迭处人心的变动,令人省思。

作为"狭邪小说"重要代表作品的《海上繁华梦》,于1903—1906年陆续出版初集、二集和后集。这是重要的时间节点,由于科举制度在晚清的逐步僵化,已经无法唤起知识阶层的兴趣,而1903年前后,以我国第一个正式颁布并在全国范围内推行的"癸卯学制"为开端的新的教育制度,也仅初露端倪,仍未发挥效用;而癸卯之后教育的普及,打破了封建等级与知识特权的局面,新的社会选拔与评价机制,同样对传统知识阶层构成了不小的冲击。因而,对于科举的式微以及传统士人的沉沦,有必要对其作出恰当的历史性分析,尤其对活动于19世纪末20世纪初的晚近一代知识阶层的迷惘和困惑,以及在他们身上所透射出来的道德和伦理位移,不能加以简单的嘲讽或批判,而应抛却"传统——现代"的二元化考量和后设立场,从近代中国本身的时间演变着眼,通过触摸彼时之历史,对视当时的人物,对近代小说所展现的历史图景和精神困境加以阐析。因此,关键在于借助近代小说所铺设的广阔的生活图景,还原到当时的历史现场,指出在以科

①孙家振:《海上繁华梦》第一回,南昌:江西人民出版社1988年。

举为代表的传统价值意义逐渐面临朽败和幻灭的过程中,尤其在上海
这样蓬勃发展中的城市,在新的社会发展模式与价值系统经历了迅猛
的切换之后,晚近一代读书人经历了怎样的彷徨与困窘,在他们身处
的时代和特殊生存空间中,价值观念、伦理道德以及寄寓于他们身上
的情感结构,遭受了怎样的困惑与挣扎、迷惘与虚无。

关于海上之繁华,正如作者在自序中所言,"海上繁华,甲于天
下。而人之游上海者,其人无一非梦中人,其境无一非梦中境"。而
作者之所以挥笔而就成此小说,则是因为"见夫入迷途而不知返者,
岁不知其凡几,未尝不心焉伤之。因作是书,如释氏之现身说法,冀
当世阅者或有所悟,勿负作者一片婆心"。①海上繁华的背后,是王
纲解纽,中国传统的道德伦理等意义系统逐渐由量变转变而为质变,而
新的伦理秩序尚未完全构建起来;海上繁华的表征之一,则是晚近
时期知识阶层内心的贫瘠和精神的困乏;其情感结构的重建也于焉
实现。事实上,活跃在上海,沉迷于烟花之地的很多人,并非空疏得
一无是处,他们虽耽溺风尘,却仍是自小熟读诗书的一代,往往有传
统士人的文气和才华,例如《海上繁华梦》中的郑志和,对曲艺研究
颇有心得,尤其体现在对楚云的奏唱的品评上:"你唱的第一支不是
《新水令》么?《新水令》下边接着应是《步步娇》与《折桂令》,
然后方是《江儿水》。那《江儿水》下边还有《雁儿塔》一支,才是
《侥侥令》。《侥侥令》的下面尚有《收江南》、《园林好》、《沽美
酒》三支,合着尾声的《清江引》,方成一套。如今你只有《新水
令》、《江儿水》、《侥侥令》、《清江引》四支,其中脱去甚多,若
要改正,很是费力,我看不如将错就错,竟把这支曲叫做《减调相思
曲》吧。"郑志和的这番才华,就连从小在私塾中饱读诗书的谢幼安
都自叹弗如,"暗想此人举止虽浮,原来胸次却还不俗"。而小说主

---

① 孙家振:《海上繁华梦》,南昌:江西人民出版社 1988 年,第 75 页。

要人物之一的平龏三所题写的七言律诗，笔力雄浑，气势非凡，读之同样令人称叹。可以说，他们都是颇具文采风流的传统知识人。

有意味之处就在于，他们经常出入风月场，却丝毫没有深感前途渺茫，更没有滋长人生的焦虑与情感的困惑，这个问题不能不引起我们的关注和深思。对于此，则不得不谈到"一表人才，堂堂非俗"的谢幼安。他十八岁即娶妻，过着"夫唱妇随，甚是相得"的日子，且其天资聪颖，读书一目十行，才名远播，本可在科举仕途上有所发挥，却因父母谢世，且家道丰腴，"遂绝意进取"，在苏州乡下过上了游山玩水的闲散日子。依此情状，谢君本会在闲适自在的乡间，妻儿环绕，乐度此生。但却在花间感梦之后，答应与杜少牧同游上海。更为耐人寻味的是，当妻子借他梦中所见的"丹桂飘香"之吉兆，劝其入途科举，以求题名金榜之时，谢幼安的回答，则凸显了"他们"的彷徨和虚空："功名二字，我已置诸度外，即使将来果应是梦，何足为荣！况目今时世，不重科甲出身，只须略有钱财，捐纳一官半职，便可身膺民社，手握铜符，反把那些科甲中人瞧不起，不是说他迂腐，便是说他寒酸。所以弄得时事日非，世风愈下。反不如静守田园，享些清闲福味的好。"由此可见，"登科"对于谢幼安等传统读书人的幻灭，科举之途被卖官鬻爵的社会风气所阻滞，而且科甲中人往往地位低下，身份尴尬，已然让人不复寄望于斯。然而问题在于，进取之路阻塞不通之后，谢幼安这样表面清心寡欲、安于现状的人，或许安守田园还不失为明智之举；而对于更多的像杜少牧这样"血气未定"的年轻人，又当何去何从？从文本中得知，杜少牧"文才出众，人品轩昂"，对上海早已心向往之，对青春人生和新鲜事物怀有无限的热情，但是传统价值观念的松动，使他们早已无意于功名和进取。当他们带着百无聊赖甚至是寻求刺激的心态，来到如梦幻般繁华的上海，无疑更是加深了他们的沉迷与颓丧，随之而来的，便是纷纷寄情声色犬马，溺留嫖赌玩乐。

## 三

在小说中，眼见着杜少牧步步陷入风月场的泥淖，谢幼安、杜少甫等人的反应便是劝其回姑苏老家，在他们眼里，仿佛与上海的繁华相对的，是远离于其间的安宁与平和，在此背后更为重要的，是他们所自始生活于其中的家乡，儒家伦理与传统道德不至于崩溃，也就是说，他们还得以在那样的传统价值的避风港中，寻得精神的庇护所。然而，事情并不是想象中的那样简单，对杜少牧、郑志和、平戟三等人而言，物欲与性欲，打开了他们生命的可能性，使他们获得了前所未有的人生体验与身体愉悦，所以才如此沉溺其间，不能自拔也不想自拔。也就是说，他们走出了家庭，离开了家乡，来到繁华似梦的都市，在此追求新的身份存在与生活意义，寻找到了情感与生命的新的寄托。尽管如此这般的生活方式不甚健康，也不值得提倡，但这毕竟反映出了上海在都市化进程中的乱象环生与幻魅四起。"况乎烟花之地，是非百出，诈伪丛生，则又梦之扰者也；醋海风酸，爱海波苦，则又梦之恶者也；千金易尽，欲壑难填，则又梦之恨者也；果结杨梅，祸贻妻子，则又梦之毒者也；既甘暴弃，渐入下流，则又梦之险而可畏者也。"①这一点在小说中也有着突出的反映，从姑苏初到上海的杜少牧，一开始就被技万全、刘梦潘等人设下的"拆梢"圈套所冲击，后幸得凤鸣岐等人拆解救出；随之而来的则是在赌桌上落入白湘吟和贾逢辰的"翻戏"骗局，亏得李子靖等友人挺身而出，方才化解危局，追回损失。如果说这些波折都只是涉及身外之物——金钱，那么，在接下来的故事中，巫楚云、颜如玉、艳香、媚香等妓女则使杜少牧倾注了"真情"，最后也经历了幻灭。同为狭邪小说的《九尾龟》中的主人公章秋谷，就曾总结出对付妓女的金科玉律："第一不发标，第

---

① 孙家振：《海上繁华梦》，南昌：江西人民出版社1988年，第1页。

二不吃醋，第三不认真"，"把倌人当作孩子一般随口哄骗，把她们哄得欢喜，图个一时的快乐，再不去吃醋发标，自寻懊恼，这便是我章秋谷一生得意的地方。"①不得不说，章秋谷仅仅是理想的人物类型，然而也正是因为无数纷纷沦落风尘的嫖客，才催生了这样的"嫖界英雄"。

而与杜少牧这条情节线索并列且互为对应的，是谢幼安与桂天香的真情，原本出身良家的天香，被逼良为娼之后，对献媚谄笑的陪客生活不屑一顾，冷艳清高的她最后得以了却心愿，嫁与谢幼安，然而"花难久好，月不常圆"，这段美满婚姻却在四年多之后以天香的染疾病逝而告终，恰也印证了"海上繁华梦"之题名，花好月圆繁花似锦，到头来无非虚梦一场。在这里，一个颇具意味的问题出现了，晚近小说中的女性倌人，例如《九尾龟》中的金月兰，在被富家公子黄伯润赎归还良之后，复又向往自由不甘寂寞，重新出走，踏着夜色，重新回到上海的烟花之地；或者像《海上花列传》中的沈小红、张蕙贞等，根本就对从良之事不屑一顾，我行我素，沉浸于自己从容自在的娼妓生活；而《孽海花》中叱咤风云、挽狂澜于既倒的赛金花，在《九尾龟》中，则重操旧业，仍旧咀嚼着青楼之薄幸……但是纵观《海上繁华梦》所展现的人物世界，却发现其中的妓女并没有完全地遗世独立与自在自主，巫楚云、桂天香、颜如玉等妓人，仍然极力谋求脱离烟花之地，甚至像桂天香、柳纤纤、花好好等，却仍甘于嫁为人妇，安守传统家庭。这样的情况在小说中屡屡出现，耐人寻味，对其中原因的细究，则有利于对小说文本所折射出的文化内涵做进一步的透析。

首先必须肯定的是，在近代小说所展现的文本世界中，以往风月之所中的男女地位出现了微妙的变化。在传统语境中，往往通过一出

---

① 张春帆：《九尾龟》第三十一回，南昌：江西人民出版社 1988 年。

出"救风尘"的故事,将其中的女性弱势地位以及男性拯救者角色,演绎得淋漓尽致;至于晚近,沦落风尘的妓女生活不仅让女性自身乐此不疲,甚至为男性所艳羡,这从小说中钱守愚对闺房的臆想可以见出端倪,"若在这么样的房里、这么样的床上睡他一夜,真不枉人生一世,少牧虽然花了些钱,也是他几生修到,我哪里能及得他来?"[①]物质财富与生活品位的提高,使得当时的倌人得以跳出传统才子佳人的故事框架,建构起自我独特的存在空间,生活质量的提高与对自身认识的增进,都支撑了她们精神层面的满足;而且,跳出了传统道德伦理范畴的她们,也并不一定渴望再过上相夫教子的家庭生活,不再以从良为人生旨归而作茧自缚,从而使她们内心自主的性情与人格得以萌生,尽管有时候这样的选择是以一种不甚健康的方式滋长起来的,并不为人所称道,然而,据统计,到了19世纪末,公共租界的娼妓业已经极为发达,仅以法租界为例,当时已有至少250家妓院,妓女人数约2600人,可见妓女毕竟在当时成了独立的职业,这使得她们获得了平等甚而是优越的感觉,从而促成了其精神层面的新变。[②]这还不是事情的全部,更为关键的是,在世纪之交,当中国面临着精神系统和价值观念的更迭之际,物质世界的丰富以及欲望的膨胀,使中国社会逐渐实现了从"人的依赖性"到"物的依赖性"的转化,在这个过程中,女性拥有了一个饱满的自我,她们内在的主体性被唤发出来,开始自由地选择自己的生活方式与精神归属,似乎也正是女性的自主性越强,其对男性的吸引力便也越大,因而她们往往略施小计,便可控制男性,掠取他们身上所附带的物质金钱。也就是说,逐渐转向"恋物"的女性,超越了非你不可的"恋人"阶段,尤其对男性恋人,已是可有可无;她们甚至逐渐回归到自我的生活情境,于此间化

---

①孙家振:《海上繁华梦》,南昌:江西人民出版社1988年,第341页。
②熊月之主编:《上海通史》第五卷《晚清社会》,上海:上海人民出版社1999年,第369页。

人为物，或从人（在《海上繁华梦》等作品中更多体现为男性）的身上，通过"诈伪"的方式，榨取和"提炼"出生活所倚赖之"物"以及精神所依托之"物"。

在这样的认识下，回到小说《海上繁华梦》，正如作者所议论的："青楼女子，凡是应酬狎客，全在见景生情，只要有法想，瞒得过人，任凭父子兄弟，他都可以弄到你个乱伦蔑理，说甚朋友，说起来甚是可怕。"①可以说，在围绕着金钱的尔虞我诈中，凸现了物质和利益的重要性，而在社会交往与人际关系中的"诈伪"、心计乃至同谋、妥协，其所对应的，不仅是女性（尤其是妓女）自身职业和角色变化，而且在与男性的交互中，也折射出传统纲常伦理和价值观念的转变。查看当时的历史可见，这样的转变，在当时有着深层的社会背景，"旧式妓院以士子为主要服务对象，因而妓院也成了那些风流文人士子吟风弄月、诗酒唱和之所，晚清上海妓院，特别是那些豪华妓院的主顾则主要是商贾，妓院的功能因之发生变化，逐渐成为集色情、社交等多种功能于一体的消遣娱乐场所"。②由《海上繁华梦》中所述及的人物和事件可知，士人虽是小说主角，但他们都有着一定的家财资产，也能够维持倌人的欢心，而妓院的功能却已经发生了色情与社交互渗的转变，颜如玉、巫楚云、艳香、花小桃等人，其实无所谓从良与否、嫁不嫁人，这些都仅为形式问题，关键是在这个过程中，她们往往"机关算尽"，为的是谋求自身利益的最大化，譬如柳纤纤、花好好等人，在嫁了殷实的商人之后，自身最大收益得偿所愿，便安守平常了起来。而且作者也意图充分展现妓女嫖客的各种交往行径，指出她们为了金钱和利益，不惜一切的多方谋夺，才能最终通过"善恶因果"的事证，达到讽劝与警醒的写作目的。"家族、部落、神灵、

①孙家振：《海上繁华梦》，南昌：江西人民出版社1988年，第169页。
②熊月之主编：《上海通史》第五卷《晚清社会》，上海：上海人民出版社1999年，第370页。

男权，在这里似乎已经变得颇为遥远，人们相信的是金钱和物质，相信的是自己与个人……尽管人们可以诅咒金钱的肮脏和罪恶，也可以指责金钱对人性的扭曲与摧残，然而相对于古代社会中的皇权与等级来说，人性确实可以在金钱的保护下获得一定的伸展机会。"[1]由此可见，只有立足小说文本，还原近代社会转型的历史，才能真正体认其时所萌生的唯我独尊、利益至上的欲望追求，认识由此而催生的伦理道德渐变历程，并且从特定的时代境遇与历史内涵出发，检索鲜活的生活现场，聚焦人物精神困境与人格偏移，重新理解晚近的日常交往伦理与行为准则，最终完成近代以来精神和价值层面的批判性审视与创造性转化。

## 四

通过以上论述，可以说，都市上海这朵艳丽的奇葩，给予了杜少牧、谢幼安等人观感上的极大享受，而且这种独特的人生体验，也滋长了他们丰腴的想象，在这里，他们得以另辟一个精神领地和生活空间，别行一套行为准则与人伦道德。而令人玩味的是，《海上繁华梦》的作者却意欲化作"警梦痴仙"，说尽其中的"醉梦"、"豪梦"、"绮梦"、"呓梦"、"痴梦"与"空梦"，所谓"一把辛酸泪，满纸荒唐言"，《海上繁华梦》的作者，写出了晚近一代知识阶层与妓院俗人的辛酸泪，更以煌煌百回的篇幅，借极尽虚构之能事的小说这样的"荒唐言"，以摹写声色犬马的荒唐事，并最终达成规劝与警醒的目的。可以说，别具一格的生活畛域与都市情状，造就了幻梦般的繁华，作者以"痴仙"自居，以小说"虚构"的形式，实则谋求的是对这一现实之"梦"的警诫。正如在小说序言中所提到的，"况

---

[1]栾梅健：《"溢恶型"狭邪小说的历史价值及文学的现代性起源》，《文学评论》2007年第2期。

情场历劫，垂二十年，个中况味，一一备尝，以是摹写情景，无不刻画入微，随处淋漓尽致。而其宗旨，则一以唤醒迷人同超孽海为主。以是此书之出，尤为有功于世道人心"。①而现实与虚构之间交融合杂，这其中所表现出来的，既是海上漱石生的采虚补实的忧患思虑，也是在繁华都市中鼎沸喧嚣的生活实状与心灵虚空，更是人物身上若梦若实的精神游弋。

事实上，这一切虚实相生的繁华表面，却有着深刻而内在的社会依据。"道光二十六年泰西开埠通商以来"，作为举世瞩目的工商业都市，上海对应着的是内地日益破败的中国农村经济。尤其是帝国主义的入侵，通商口岸的开辟，为上海的世界性进程打开了重要通道，农业文明随着世界性浪潮的到来，渐次发生转化；尤其是经济发展所带来的物质的丰富，新的价值观念和社会风气的输入，以及由此造就的物欲扩张和情欲解放，不仅使得以传统科举入仕为代表的政治诉求，部分发生了向金钱拜物的经济和欲望的转变，更为重要的是，日常生活中的人伦和道德，在人际交往尤其是男女情事方面，在若干向度发生了转变。在这种情况下，正心、修身、齐家、治国、平天下的传统大道与伦理德行，在晚近一代读书人的心中，也随之发生了"移情"。譬如在《海上繁华梦》中，杜少牧虽然知悉巫楚云的假意和骗局，但其内心仍不忘儒家之"恕"道，这也引发了他的恻隐之心，设身处地宽恕了巫楚云。同样的情况，出现在谢幼安和桂香玉的身上，前者将后者从妓院赎身之后，纳其为妾，过上了传统的家庭生活由此可见，在杜少牧、谢幼安等人身上，传统的人伦道德，并没有完全塌毁，而是随着社会风气的熏染、历史更迭的传动以及个人生活的具体选择，移换到了尔虞我诈的风月场和堂子里的倌人身上，这一方面代表着传统读书人生活空间和道德旨

①见《〈海上繁华梦〉新书出集序》，孙家振：《海上繁华梦》，南昌：江西人民出版社1988年。

向的位移，另一方面则是外在的社会伦理与制度思潮等因素的压迫式转圜。在这个过程中，可以肯定的是，在科举制度以及与此相关的传统社会进取之路所代表的意义和价值被逐步稀释的时代，原本与此息息相关，并代表着社会发展的中坚力量的知识阶层，虽然由于面临着无法获取安身立命的价值追寻，而滋生幻灭观念与虚无情绪，但传统的伦理道德和价值认同，一定程度上仍淤积在他们的内心，只是在"列缺崩催"的社会环境中，尤其是新的价值取向和道德伦理逐步构建起来的都市生活，并没有给这样的传统精神因子留下太多的生长和施展空间。在这种情况下，他们沉落了，而由于变革社会的能力匮缺，以及把握和驾驭自我的主体意识的贫乏，导致了他们在新的社会伦理秩序和价值寻求的建构中，浑浑噩噩，无所适从，在精神的废墟中彷徨。

反观《海上繁华梦》的作者，对现代都市的生活以及斯人斯事，无疑是极为熟悉的，据同时代的南社中人郑逸梅回忆，"孙玉声的《海上繁华梦》为其代表巨著，记录民初时代种种社会学家，多为其人其事，对研究此时历史背景甚有价值……当时社会出现之洋龙会、张园之四大金刚、广肇山庄之建醮、西人之赛马、双清别墅仙霓社所演之昆剧（仙霓社之名，即孙玉声所提），均属民初之掌故，其实，许多乃孙亲身经历，作为小说内容"。[①]正是对上海城市化与世界性发展浪潮中的梦起梦落的都市悲情感同身受，才让作者发而为小说，立意惊醒众人之幻梦。而细读小说可知，当时在上海生活的年轻的读书人，郑志和、游冶之、平戟三、杜少牧、屠少霞……每每沉沦于风月场所不能自拔，无所事事，不思作为——这一群人，往往为后世所诟病——殊不知，他们也正是"迷惘的一代"，在他们身上，表征出来的是社会震荡和转型过程中必然作用于人格性情的精神困窘与价

---

① 郑逸梅：《民初小说家孙玉声》，见《艺海一勺》，天津：天津古籍出版社1994年，第64页。

值虚空。只有在这个认识的基础上，我们才能避免西化"现代"的径直嫁接，通过对他们活跃其间的生活现场的充分还原，重新思考晚近时期中国社会转型过程中的道德位移、伦理重塑与价值建构。而作者通过小说的形式，直面人物生活，探视他们的内心，对沉迷于声色犬马的人群，提出如此急迫恳切的"警醒"，其在客观上抵达的高度也便在于此。而这样的劝诫与呼告，与新文学的国民性探讨，实则有着深层的呼应。

晚近一代新小说的读者，"百分之九十出于旧学界而输入新学说者"，① 可以说，从传统文化中走来的士人，"易其《四书》、《五经》者，变而为购阅新小说"，② 他们一则借以感受社会风潮和时代脉搏，另外也是为了缓解自身的精神困惑与内心焦虑。《海上繁华梦》、《海上花列传》、《品花宝鉴》、《风月痕》、《九尾龟》、《青楼梦》等作品都曾风行一时，由它们所产生的巨大社会反响来看，其中反映的社会面和精神点，颇受当时读者的认同，而这往往出于这些近代小说对晚近社会状况、人物生活的贴切描写与翔实反映。因此，只有还原到晚近的历史现场，以新的解读方式与研究范式，对近代小说作出公平合理的评价，以此作为重新思考与再出发的起点，真正回到晚清的社会震荡格局中进行深入的辩证，感受中国历史转型之涡流的刺激，体认时人的社会交往、精神困境与生活原态，才能真正理清中国传统道德伦理于近代历史中变更、再现的历程，重新发掘近代中国精神衍变过程中的经验和价值，对转型之中的文化形态进行审视、反思与再参考。

陆士谔的小说《新中国》，描述的是中国之未来景象，上海的万国世博会盛况。小说中塑造了一个医科专院的学生苏汉民，因发

---

① 东海觉我：《丁未年小说界发行书目调查表》，《小说林》第 9 期，1908 年。
② 老棣：《文风之变迁与小说之将来》，《中外小说林》第 1 卷第 6 期，1907 年。

明了两种"惊人的学术"而成为了民族的"大豪杰","一种是医心药，一种是催醒术。那医心药，专治心疾的。心邪的人，能够治之使归正；心死的人，能够治之使复活；心黑的人，能够治之使变赤。并能使无良心者，变成有良心；坏良心者，变得好良心；疑心变成决心；怯心变成勇心；刻毒心变成仁厚心；嫉妒心变成好胜心。"还有一种是"催醒术"，"是专治沉睡不醒病的。有等人心尚完好，不过迷迷糊糊，终日天昏地暗，日出不知东，月沉不知西，那便是沉睡不醒病。只要用催醒术一催，就会醒悟过来，可以无需服药"。①关于"梦"与"醒"的话题，在近代中国经常为时人所提及，究其原因，是晚清的中国（上海）正面临着剧烈的变动，在主动求变与被动挨打的痛苦选择中，清末以来肩负着救国扶民之使命的小说作者，不得已只能以惩恶扬善、叫梦呼醒为叙事旨归，期图通过小说的力量，将昏睡之民众唤醒，令其进入变革的轨道，或完善自身寻求改良与救亡之大任。正如张春帆的《九尾龟》中所言："在下做这部书，一半原是寓言醒世，所以上半部形容嫖界，下半部叫醒官场，处处都隐寓着劝惩的意思，好叫列位看官看看在下的这部小说，或者有回头警醒的人，这也总算是在下编书的一片苦心，一腔热血。"②具体而言，在"梦"与"醒"的话语建构中，主要是针对官场与欢场，也就是以外在事功中的政治旨归与内在的欲望所指示的道德伦理匡扶为重点的叙述对象，其"梦"也于是，其"醒"亦当于斯。

在小说《仇史》中，作者以略带恳请的激励语气说道："不但看官们可以激发志气，触动感情，并可使普天下众生，昏昏大梦从云端里一跤跌醒，放出几个霹雳来，轰得那五百万贱种狂奴没处讨命，只这就是我做书的本意了。本意已明，言归正传。"以梦来说明人心之

---

①陆士谔：《新中国》，北京：中国友谊出版社2010年，第24页。
②张春帆：《九尾龟》第三十三回，南昌：江西人民出版社1988年。

蒙蔽与庸碌，并以醒来催逼人的觉悟，可以说是晚清小说中常见的叙述方法，所谓的"梦"与"醒"，也成了小说的元命题之一，在叙事过程中形成特定的话语机制和符码系统，并且与当时的认知模式、思维向度、艺术视野、精神审视和文化反思密切相关。而这一切，都来源于晚清经由多重因素所造成的精神文集与文化危机，如刘鹗的《老残游记》开头，也是梦到船行水中、人落海里："话说老残在渔船上被众人砸得沉下海去，自知万无生理，只好闭着眼睛，听他怎样。觉得身体如落叶一般，飘飘荡荡，顷刻工夫沉了底了。只听耳边有人叫道：'先生，起来罢！先生，起来罢！天已黑了，饭厅上饭已摆好多时了。'老残慌忙睁开眼睛，楞了一楞道：'呀！原来是一梦！'"① 对于如是的转型时代，社会与思想的混沌通过浑噩之梦加以结构；而国民精神困惑和情感惶惑，又是经由恍惚之梦加以形构；而人物主体内部的灵魂躁动、情绪郁结和欲望纠斗，又以昏昧之梦呈现出来。如《海上花列传》，"所以花也怜浓是黑甜乡主人，日日在梦中过活，自己偏不信是梦，只当是真的，作起书来。乃至捏造了这一部梦中之书，然后唤醒了那一场书中之梦"。② 小说以赵二宝之梦破与梦碎结尾，人世之悲情与都市之梦魇笼罩其中。而到了民初，海上说梦人的《歇浦潮》，其开篇第一回即道出写作的主旨："那时有一位过江名士目击这些怪怪奇奇的现象，引起他满腹牢骚，一腔热血，意欲发一个大大愿心，仗着一枝秃笔，唤醒痴迷，挽回末俗。"③ 总而言之，"梦"与"醒"的叙事模式所带出的痛觉、哀伤、警戒，在在说明了在晚清的都市上海，文学（小说）作为跨文化语境中的一种特殊的催醒术，在幻梦与醒觉之间，在昏昧与开明之间，实现着自身改造精神、唤"醒"与疗救民众的社会功能；而与此同时，人物的感觉系

---

① 刘鹗：《老残游记》第一回，南昌：江西人民出版社 1988 年。
② 韩邦庆：《海上花列传》第一回，南昌：江西人民出版社 1988 年。
③ 海上说梦人：《歇浦潮》第一回，上海：上海古籍出版社 1991 年。

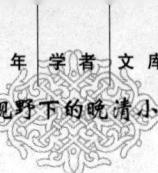

统、认知习惯和情感结构，也在叙事者把脉社会，将中国社会和民众的"病"诊断为精神方面的坏损和痛疾的过程中形成、稳固与衍变。

# 第 三 章

## "史"与"记"：
## 历史叙述与现代主体的抒情形态

以往对晚清历史的演述和论说，往往将其视为一个过渡时期或是中间阶段，究其原因，主要是由于这一时期无论是社会政治还是精神理念，都处于一个剧烈的变动状态，社会各层面所呈现出来的意识、思想、情感特质，都是悬而未决的。然而，本书试图通过"重返上海史现场"的方式，将晚清还原为一个独立的时间单位，而不是以往所说的"过渡"或中间态，因为后者是以后设的逻辑对历史观念进行排列梳理，对某一历史时段的认识或是疏离的。不仅如此，以晚清与上海作为坐标轴，则有利于将小说叙事文本视为稳固的结构，并依此进行历史化和结构化的解读。

这一章，主要是以历史小说，或涉及晚清之"史"的小说为文本依托，不仅涉及社会政治的正史，而且还包括日常生活史以及精神世界的情感史。

当然，这里所涉及的，就不单单是历史小说这一单一的品类，因为事实上，晚清的小说中，无论是烟粉／狭邪／言情小说还是谴责／官场小说，又或者是科幻小说，其长篇的结构不少，对社会层面与情感意识的映衬也所在颇多，在这种情况下，就在客观上容易形成一种"史"的裁量，也就是说在文本不断地敷衍与叙写之中，上海的历史以及人物的情感史、精神史、生活史也在很大程度上得以呈现。

譬如在《九尾龟》中，楔子即有言："在下这部小说，名叫《九

尾龟》，是近来一个富贵达官的小影。"① 由此"近来"一词可见，
这部小说演述的是当是时的上海历史，也就是叙事时间与社会时间
几乎是对应的。而章秋谷虽然说告诫人们在嫖界不要倾注真情，但
是当他面对陈文仙和王佩兰时，却表现出了不同态度，证明他还是
以"情"为判断和选择标准。如他觉得陈文仙有"情义"，对他倾
注了一片深情，也令他感动不已；而王佩兰则一见面便想敲他的竹
杠，让他买一支金水烟锅，其中的虚情假意颇令章秋谷反感。因而，
这里要提出的便是，正是章秋谷这样的人物主体在心理和情感上的
更迭，从而为探究现代主体的抒情形态，提供了典型的素材。可以
说，章秋谷的立场是复杂的，甚至围绕其周围的物事人情，都体现
出非同一般的形态，从而在客观上营造出一种全息式的立场，在分
析判断时也需要摸清其复合式的情感思路。尽管章秋谷在小说的一
开始就提出妓场中不可感情用事，但如小说第三十一回，却又体现
出对倌人的同情与理解。

　　小说中的这种复杂和纠合，事实上代表着对晚清社会尤其是风
月场的全景式的反映。不仅如此，也暗示着章秋谷思想的变化，一
改人物扁平和单一，开始展示主体的性格变化和思想更迭。甚至连
小说的次要人物辛修甫，也可以出面教训和讽谏章秋谷。不仅如此，
值得注意的还在于，不仅章秋谷的思想较为复杂，就连写作者的叙
事，也摆脱了单一化的趋向。例如在小说的第四十八回，叙事者虽
不断地在文本中强调，然而，却又不时地透露出对妓女的同情，而
这一回更是通过一段抒情的描写，体现出了此一文本丰富而复杂的
叙事伦理。

　　因而，主体的抒情以及借主体营造抒情的形式，这是晚清的小说
游离于虚实，在主体与客体之间穿梭，并通过自我与他者、国族与个

----

① 张春帆：《九尾龟》，见《楔子》，南昌：江西人民出版社 1988 年。

体、历史与当下、边缘与中心的话语转换，令叙事的触角得以最大可能的延伸，令历史叙述饱满和丰腴，并在人物主体，形构成所"记"之"史"。

# 第一节 "泪史"与"哀史"：
## 记忆、自叙与抒情形态的建构

### 一、虚实之间：《雪鸿泪史》与《玉梨魂》

徐枕亚的《雪鸿泪史》作于民国初年，为《玉梨魂》之续作，1914 年 5 月 1 日起在《小说丛报》创刊号连续刊载，至 1916 年 1 月 10 日第十六期刊完。采用的是日记体的写法，与《玉梨魂》相类似，言情仍然是小说的核心。该著作于 1915 年 12 月由小说丛报社出版发行单行本。

《玉梨魂》与《雪鸿泪史》都基于一个三角关系的主题：小学教师何梦霞与寡妇白梨影彼此倾心，后通过书信往来堕入爱河，但两人因为现实与传统原因，无法成为眷属，在这种情况下，白梨影假小姑子筠倩嫁与梦霞以成己志。最后，白梨影郁郁而终，何梦霞奔赴国难。

《雪鸿泪史》作者虽称该作是对《玉梨魂》的一个印证。时萌在《〈玉梨魂〉真相大白》中提到："最近从一徐姓藏家处发见徐枕亚与青年寡妇陈佩芬的往来书札唱和诗词九十三页，经对照《玉梨魂》，考核内容，鉴定对照徐氏流传于世的笔迹，并以宣纸上锁印宣统的年号，无锡北门塘经纶堂刷印字样为佐证，可以确证这些旧件乃《玉梨魂》故事蓝本，也可以认定这确是纪实性文学，是一篇人性受扼的血泪史。"① 由此可推断，《玉梨魂》是一部带有自叙传性质的小说作品，其以虚构为内质，但又渗透着写作者个人的情绪与经验，是对其自身生活记忆进行摹写的作品。作者徐枕亚具备主人公何梦霞相类似的情感经历，其与青年寡妇陈佩芬的情感纠葛，陈的儿子蔡梦增同样跟从徐读书，陈也曾撮合小姑蔡蕊珠与其结婚，宣统二年（1910）冬天，徐与蔡互结连理。对比小说《玉梨魂》，大致而言，前半段"情节"与作者徐枕亚的个人经历几乎严丝合缝。唯一的区别在于徐枕亚／何梦霞最后有无与小姑蔡蕊珠／筠倩结婚，以及由此而体现出来的对于新寡陈佩芬／白梨影的"痴情—专情"态度和彼此关系的进展深度（床帏之事在书信诗词中表现较多）。当然，这也并非问题的关键，在《玉梨魂》、《雪鸿泪史》一类的晚清以抒情和言情为核心的小说作品中，叙事者对己身之记忆进行叙述时，其彰显了什么，又隐没了什么，在真实与虚构之间，又是如何通过抒情的方式，实现何种可能性，又逾越了何种不可能性，这是需要深入探究之所在。

无论是《玉梨魂》还是《雪鸿泪史》，都有一个显著的特点，那就是对情感和意绪的抒发。在这两部作品中，抒情都具有某种功能性，一方面是实现人物之间的情爱交流，成为彼此表达心绪和爱意的媒介，另一方面，抒情还可以越渡现实、历史的障壁与沟壑，在无法得偿所愿的情况下，叙事者和抒情人都有意地通过书信、臆想、倾诉等方式，令"情"在堵塞的状态下得以有效地疏导。譬如在《玉梨魂》中，抒情帮助白梨影在明知自己身为寡妇断不能续婚的情况下，还能够阻滞和篡改已成之逆愿的现实，最起码能够相互表达倾慕和爱意；然而，逾越的快意与设阻的回天，两者在一定状态下其实本为一体，彼此之间有着紧密的勾连，那就是在面对现实无力时所构造的想象

---

① 时萌:《〈玉梨魂〉真相大白》,《苏州杂志》1997年第1期。

性的超脱。"以为代他人写照，终不若其自抒胸臆之能得其真象，故又将何梦霞之日记，修饰而润色之，且缀以评语，如治丝而理其绪，振网而挈其纲，俾阅者知要旨之所在。"①然而，这样对"真情"的歌咏，尽管对作者而言，只是回天乏术的想象，但是并不代表只是隔空挥拳，事实上，想象和抒情是一种力量的彰显，经常能够越渡到现实世界之中发挥作用——别的不说，蔡蕊珠逝世之后，徐枕亚哀恸万分，曾为其写下数以百计的悼亡诗，而正是其虚以委蛇的小说《玉梨魂》之感人肺腑，使得末代状元刘春霖之女刘沅颖为之倾倒。虚实之间并没有无可逾越的壁垒，相反，其经常通过叙事或抒情的方式，相互渗透。不仅如此，事实上，虚实交杂一直伴随着晚清小说的发展，而采虚补实、以实策虚，其中所表征出来的，不就是晚清小说以虚构介入现实的叙事使命吗？从李伯元、刘鹗、吴趼人，到后来的鲁迅、茅盾、巴金，每每建构起中国小说念兹在兹的叙事"大说"。

然而，问题并没有想象中的简单，徐枕亚在《雪鸿泪史》自序中说道："余著是书，意别有在，脑筋中实并未有'小说'二字，深愿阅者勿以小说眼光误读余之书。使以小说视此书，则余仅为无聊可怜、随波逐流之小说家，则余能不掷笔长吁，椎心痛哭。"其实徐枕亚之所以担忧《雪鸿泪史》甚至于《玉梨魂》被当作小说来看，并不是因为这两部作品没有小说的特性，而意在拨除当时历史语境的侵扰，拒绝让作品陷入娱乐、随俗、无聊、恶毒的泥淖，对自己作品所真正表达之"真情"的侵蚀。不仅如此，虚实相生，立实摈虚的观念，坐实和强化了情感的力量。而以实注虚、以虚化实，则显然已经成为当是时的小说作者的写作旨归。

《玉梨魂》的末尾，何梦霞奔赴国难，而写作者更是将报国的英雄情怀与儿女之私情相提并论，"梦霞死矣，梦霞殉国而死矣。余

---

① 徐枕亚：《雪鸿泪史》序言四，见《中国近代小说大系》，南昌：江西人民出版社 1988 年。

曩之所以不满于梦霞者，以其欠梨娘一死耳。孰知一死非梦霞所难，徒死非梦霞所愿，彼所谓得一当以报国，即以报知己者，其立志至高明，其用心至坚忍。余因不识梦霞，故以常情测梦霞，而疑其为惜死之人、负心之辈，固安知一年前余意中所不满之人，即为一年后革命军中之无名英雄耶。吾过矣，吾过矣！今乃知梦霞固磊落丈夫，梨娘尤非寻常女子。无儿女情，必非真英雄，有英雄气，斯为好儿女。梨娘初遇梦霞之后，即力劝东行，以图事业，彼固深爱梦霞，不忍其为终穷天下之志士，心事何等光明，识见何其高卓，柔肠侠骨，兼而有之"。①情深义重者也可成其为英雄，在梦霞的殉情与殉国之间，叙事者并没有厚此薄彼；而且，写作者／抒情者的认知也于其中发生了转折，其书写语言也由一种倾向于中立的情感纪实，转而倒向对何梦霞的褒扬和肯定，而这其中，何梦霞的舍生取义、报国捐躯之"大义"对其与白梨影之间的情深义重之"小情"，起到了某种携助与升华的作用。

不仅如此，如果回到筠倩的情感世界，还可以从中发现一种受缚与"自由"的辩证。尽管筠倩表面上是出于白梨影与老父亲的情感而嫁与何梦霞，但预期中已经发生了微妙的变化，所体现的，已然不是家长之命和媒妁之约，而是出于筠倩之主体所考虑和顾及的白梨影与老父亲之"情"，从这个层面而言，事实上筠倩的选择包含着极大的"自愿"与自由的成分。而无论是《玉梨魂》还是《雪鸿泪史》，其中人物的为情所累，一方面无疑是延续红楼一脉的"情"为小说情节中心并压倒一切的状态；另一方面，如果置于晚清的历史语境之中，可以说，"情"的力量压制了人性与欲望，这也是自我与主体性尚未充分成型时所必然产生的效应。这一点从筠倩身上的"受缚的自由"可以窥探一二。

---

① 徐枕亚：《玉梨魂》第二十九章，见《中国近代小说大系》，南昌：江西人民出版社 1988 年。

## 二、叙事与抒情的辩证: 从"哀情"到"哀史"

事实上, 诉诸文字的小说文本, 原本就是虚实相间的, 虚中有实, 实中附虚。因此, 与其作出虚与实、真与假的厘定, 不如破除此二元分立, 而讨论虚实之间情感、情绪与情思的酝酿与抒发、回转与沉淀。《雪鸿泪史》中的所谓"泪史", 事实上便是试图通过哀情与泪水, 以哀伤的悲情方式, 吐露和宣泄积压于内心的情感和心绪, 当巨量的抒情如泄洪般倾注出来之时, 且不去考量其真实性与可信度, 其所引起的, 当真情以小说的形式呈现出来时, 便存在着某种吊诡, 一方面是真切的体验和苦楚悲情, 另一方面却是以虚构的方式进行营造, 表面上存在着龃龉, 实际上却有着内在而深层的蕴含。正因为是以小说虚设的形式, 通过人物的悲情故事对"情"加以呈现, 方才使得时代和读者与悲切、伤痛存在着鸿沟般的距离——即虚构的故事与真切的现实之间的本质性区别, 从而生发出一种审美的观照, 又或者是起到窥探社会大众情感隐私的作用。

出生于江苏常熟的徐枕亚(1889—1937), 于民国初年蜚声文坛, 历来以"鸳鸯蝴蝶派"代表作家著称, 被称为"哀情巨子"。而《玉梨魂》与《雪鸿泪史》, 正是"哀情"小说的代表作品。在稍早的《九尾龟》中, 三十七回的最后, 讲到方子衡与陆兰芬之间的情感, "方子衡虽然是个富家, 但如今世上的情只有嫌少, 那有嫌多的道理? 况且他认定了陆兰芬是个有情的女子, 兰芬的一番说话, 又句句打到他的心坎中间, 那得不入他的罗网"。[①] 由此可见, 诈伪与真情往往是存在于同一段关系之中的, 并且两者是相辅相成的。这里面同样涉及先前所讨论的真实与虚构的问题, 也就是说, 真情与假意在晚清的上海叙事中, 是成对出现的, 彼此之间相互映衬。然而, 无

①张春帆:《九尾龟》第三十七回, 见《中国近代小说大系》, 南昌: 江西人民出版社 1988 年。

论是真情还是假意，本来就不是泾渭分明的，其如何通过抒情的方式进行言说，同样也是需要辨析的。正如韦秋梦所言："故其写难言之情，独能缠绵悱恻，酸人心脾，阅之泣数行下，诚言情小说中之杰作哉。"[1] 如何言"难言之情"，令其缠绵悱恻，从含蓄蕴藉之中丝丝渗出，这就必须要对作者所采取的抒情的笔法进行考究。

这就涉及另一部颇负盛名的小说《花月痕》，没有以悬念冲突为出发点，也没有专注于故事的经营。作为小说的品类，仅仅是包裹了一层情节性的外衣，事实上则仍然是以古典诗词和传统抒情形态为核心，其中的核心，则是韩荷生与杜采秋、韦痴珠与刘秋痕之间的情爱世界。因而，与《玉梨魂》相类似的是，《花月痕》同样在情感的抒发与情绪的传达上，呈现出较为充沛的气势。尤其是其中叙事与抒情的配合与转圜，更是令中国从传统过渡到现代的过程中所一直延续的抒情／叙事发生了。具体而言，在《花月痕》中，一方面是叙事者与抒情人的合体，也就是说，叙事者往往通过抒情的方式，设定叙事视角，推动叙事时间的进展，并且构筑了以抒情性建构起故事性的框架。另一方面则是叙事与抒情之间不可避免的裂痕，两者在小说中基本只是相互呈现的关系，抒情性并没有产生内在的驱动力，抒情与叙事两者彼此分离各行其是，因而综观整部小说，其中的故事驱动力较为薄弱，在文本中，大的叙事框架内包含着无数小的抒情情境，故事的推动与情境的营造则往往依赖于全能式的人物——英雄，包括事功英雄与伦理英雄。此外，在小说中，抒情性的静止的历史状态压倒叙事的流动的变革的社会进程，如此这般的抒情样态，甚至可以将其视为时代的表征——如果将其与晚清的《玉梨魂》甚至"五四"时期的小说相比较，则会发现，《花月痕》时候的抒情，中国并未达到一个社会变动和更迭的临界点，因而其抒情是舒缓的不带功利色彩的，而

---

[1] 徐枕亚：《雪鸿泪史》序言四，见《中国近代小说大系》，南昌：江西人民出版社 1988 年。

到了同样以抒情见称的《玉梨魂》，事功性的影响则愈加明显，何梦霞最后也是奔赴国难，再到之后，社会变革的要求更加迫切，因而抒情与叙事之间的比例和倾向性则发生了更为显著的变化。

因而，在以上所提及的对情感建制产生影响的晚清小说文本中，抒情形态中所形成的曲笔与直书，揭示了"事以情动"与"事以言动"相互切换的叙事变化。这也是围绕着整个晚清小说的一个核心问题。叙事与抒情之间，审美与事功之间，如何由模糊走向明晰，文学尤其是小说的功用性也逐渐走向一个自觉的阶段。

### 三、"扩大的同情心"与抒情形态的美学自觉

《恨海》一开始，便以情为切入口，指出情具有一种普适性，其不仅是与生俱来的，而且必不可少，通过各种关系和渠道进行流播："要知俗人说的情，单知道儿女私情是情。我说那与生俱来的情，是说先天种在心里，将来长大，没有一处用不着这个'情'字，但看他如何施展罢了。对于君国施展起来便是忠，对于父母施展起来便是孝，对于子女施展起来便是慈，对于朋友施展起来便是义。可见忠孝大节，无不是从"情"字生出来的。至于那儿女之情，只可叫做'痴'。更有那不必用情，不应用情，他却浪用其情的，那个只可叫做'魔'。还有一说，前人说的那守节之妇，心如槁木死灰，如枯井之无澜，绝不动情的了。我说并不然。他那绝不动情之处，正是第一情长之处。俗人但知儿女之情是情，未免把这个'情'字看的太轻了。并且有许多写情小说，竟然不是写情，是在那里写魔，写了魔，还要说是写情，真是笔端罪过。我今叙这一段故事，虽未便先叙明是那一种情，却是断不犯这写魔的罪过。要知端详，且观正传。"[1] 因而，承接着上一节对抒情的论述，对于情感和意绪的发抒，不仅能透

---

[1]《恨海》第一回，见《中国近代小说大系》，南昌：江西人民出版社 1988 年。

析人心人性，而且能将此一情感，挪移到另外之处，达到感人肺腑的作用。不仅如此，情感建制以及抒情形态的构建，有助于个体与主体之间的情感勾连，对"情"的认同感也于焉发生，于是便又应了胡适所说的"扩大的同情心"："工业革命接着起来，生产的方法根本改变了，生产的能力更发达了。二三百年间，物质上的享受逐渐增加，人类的同情心也逐渐扩大。这种扩大的同情心便是新宗教新道德的基础。"[1] 在物质基础和生产发展的前提下，情感的力量也日趋壮大起来，尤其是在同一社会境况下的群体与个人，更是需要寄寓于某种感同身受的"同情心"之中，如此方能在新的历史条件和社会规制中，形成"新宗教"和"新道德"。

《雪鸿泪史》的序言中说："今之世小说多矣，言情小说尤汗牛充栋，后生小子读得几册书，识得几个字，遽东涂西抹，摇笔弄唇，诩诩然号于人曰：'吾能为情种写真也。'实则情种之所以为情种，彼固何尝梦见之！盖情种有情种之真相，情种有情种之特性，此真相，此特性，惟情能知之，惟情种能自知之，断非彼东涂西抹、摇笔弄唇之小说家所得而凭虚构造穿凿附会者也。"[2] 所谓之情，能否通过摹写的方式加以呈现，这是论者否定之所在。事实确乎如此，无论是情抑或情种之心思，都是冷暖自知，他者往往无法掺杂其间，更何况要以"写真"之方式对其进行实录？"余尝谓作言情小说为情种写真，欲求其于情种之真相，能惟妙惟肖，于情种之特性，能绘声绘影，无假饰，无虚伪，非以情种现身说法自道之不能。"[3] 由此而观《雪鸿泪史》，这也是与写作者的态度和观念是一脉相通的，徐枕亚就认为自己的小说并非言情小说，因为所谓情者，能否言之，这是需要商榷的，而所言是否确凿和真切，则更是值得怀疑的。因而在作者的意念

---

① 胡适：《我们对于西洋近代文明的态度》，见《胡适文存三》，合肥：黄山书社 1996 年，第3 页。

②③ 徐枕亚：《雪鸿泪史》序言一，见《中国近代小说大系》，南昌：江西人民出版社 1988 年。

中,《雪鸿泪史》是写实,而非言情,如此才能够逾离言情之伪。然而,写实与抒情以及寄寓其间的真与伪,其中是否存在着龃龉?这是接下来所要探究的问题。

事实上,纪实与写情、真情与虚构,彼此之间并无很大的鸿沟。徐枕亚固然推崇的是写实的方式,对言情并不十分推崇,然而实际上,对于徐枕亚以及以自叙传的方式塑造的何梦霞而言,两者皆为情种,而"夫梦霞情种也,世惟情种能知情种之所以为情种,能知之斯能道之",而徐枕亚作为摹写者和诉说者,显然是以写实的方式进行言情,因而,其中之情,每每真切自然,感人肺腑,"亦惟情种能自知其所以为情种,能自知之斯能自道之,此《玉梨魂》后所以又有《泪史》之作也"。①因而两者之间不仅毫无龃龉,反而是相辅相成的,彼此之间相互融汇和激荡。正是以实录之姿态写情,固情方能不矫饰不虚伪,在对情进行集中的"言之"和"道之"中,令浓郁而真切之情,得以充分发酵。这是问题的一个方面,另一方面,对于写作者而言,吞吐之间,情动于中,真情便自然吐露。"然而浪迹天涯,伤心已惯,负韩非之孤愤,怀长吉之心肝,情动于中,胡能自己?不得不寄情于《说郛》!日作过激之谈,以抒其牢骚郁勃之怀,是亦非可厚非也。境靡苦斯,文字亦靡工,《雪鸿泪史》斯杰构也。"②确乎如此,"情动于中,胡能自已?"然而,这里需要更进一步探究的便是,作者不能自己的写情之作,其又是通过何种方式进行言情与抒情的?这是问题的关键所在。

作者在小说的自序中说:"挽近小说潮流,风靡宇内,言情之书,作者伙矣。或艳或哀,各极其致,以余书参观之,果有一毫相似否?艳情不能言,而言哀情;普通之哀情不能言,而言此想人非非索寞无

———

① 徐枕亚:《雪鸿泪史》序言一,见《中国近代小说大系》,南昌:江西人民出版社 1988 年。
② 徐枕亚:《雪鸿泪史》序言二,见《中国近代小说大系》,南昌:江西人民出版社 1988 年。

味之哀情。然则余岂真能言情者哉？抑余岂真肯剪绿裁红，摇笔弄墨追随当世诸小说家后，为此旖旎风流悱恻缠绵之文字，耸动一时庸众之耳目哉？余所言之情，实为当世兴高采烈之诸小说家所吐弃而不屑道者，此可以证余心之孤，而余书之所以不愿以言情小说名也。"①在民初，掀起了一股言情小说的潮流，随《红楼梦》、《玉梨魂》一脉而来，启发了苏曼殊的《断鸿零雁记》等小说，然而也不乏乱情与滥情之劣作，因而，如何在滥情之中，觅得真情，这是作者之困惑，同时也是他致力于斯之所在。

正如作者所言，"想入非非"之意，平素不能言之，只能通过抒情得以越渡。关于这一点，王德威在《抒情传统与中国现代性》中就提到："作为一个经历 20 世纪'现代'洗礼的知识分子，我们的当下此时，是要把时间的变幻莫测的不定的感受纳入，再一次地理解，抒情之所以重要，是因为它成为揭露文学/艺术面对生命'无明'时的引渡关系，指涉意义生成的'有情'形式聚散维度。""情迷家国"是中国现代文学的精神情结，然而如果用来分析《玉梨魂》、《雪鸿泪史》等作品，其中的关键，则在于一个"迷"字，也即萦绕着自我的私情与民族国家情感所构造的形式体现。Obsession 固然是一种迷思和困惑，跟哈姆雷特的鬼魂一般，笼罩人的心志，塑造人的情思，形成无意识，反映在文学上，则是寄寓着作者怀抱和胸襟的形式化抒写。在个体情思乃至家国民族处于"无明"状态时，文学/小说以叙事者/抒情者所独有的情感、情思和情怀，作为形成"引渡"力量的主要维度，并通过主体抒情和个性化的语言结构，统摄私我记忆中的情感寄寓以及自我情思中的家国情怀，进而重新建制小说文本中的言说方式、叙事逻辑以及抒情形式。

徐枕亚意欲通过《雪鸿泪史》揭示《玉梨魂》之"真相"，然

---

① 徐枕亚：《雪鸿泪史》，自序，见《中国近代小说大系》，南昌：江西人民出版社 1988 年。

而事实上，所谓的"真相"并没有"大白"于天下，如果对徐枕亚的人生及其所书写的故事作一个细致的对读，不禁问从中来，何为"真相"？如何"大白"？感情的历史似乎要被小说的作者通过抒情和对抒情的阐析加以坐实，然而，徐枕亚在现实中是通过抒情的诸种形式，迂回于人情、人心与人性之间，令人物的关系和情节的构设更为耐人寻味，也让故事愈加引人入胜，兴许，当真实与虚构的界限愈加模糊，并且在欲盖弥彰与欲彰弥盖中周旋之际，小说自身娱乐的与感人的能量才于焉显现。而这也是徐枕亚之所以能成为"哀情巨子"，在鸳鸯蝴蝶派蜂拥而至的抒情狂潮中独占鳌头的关键所在。

进一步说，徐枕亚在《雪鸿泪史》中，对《玉梨魂》进行修补、订正，煞有介事地将《玉梨魂》中的故事作为真实的历史来考订；并且祭出何梦霞的日记，以之再回到《玉梨魂》的故事中，修饰、润色、填补与创生。小说又何尝不是对历史的重新考订。一直以来，生活史、情感史、社会史以及从中所透露出来的思想史、文化史，事实上都是对历史的拓宽、重审与再思。

## 第二节 "痛史"与"仇史"：
## 历史、情感与道德的叙事逻辑

一

　　之所以将《痛史》与《仇史》置于一起进行讨论，主要是由于晚清作为中国近代史上的一个特殊时间段，所遭受的国仇家恨以及围绕着外族侵凌与同族相煎所滋生的哀痛苦难，所在颇多，而围绕此而进行的现实描写和情感抒发，构成了晚清小说最为重要的结构化模式之一。据《仇史》之作者痛苦生第二所言，"是书专欲使我四万万同胞，洞悉前明亡国之惨状，充溢其排外思想，复我三百余年之大仇，故名曰《仇史》。"① 反清排满的思想溢于言表——这也成了清季重要的社会情绪与历史情感。然而，当小说的写作参照历史的情绪，并且通过有的放矢的主题先行进行叙述时，其中情绪的传达、情感的发抒以及叙事进程中所出现的饶有兴味的话题，便颇值得探究。

　　吴趼人的《痛史》，写的是由宋入元的历史，主要涉及元朝入主中原，在民族遭遇悲痛与仇恨之际，汉奸贾似道的卖国行径与爱国将领文天祥的忠肝义胆，形成了鲜明的对照。元朝对汉族的残酷统治也在

---

① 痛哭生第二：《仇史》，见《中国近代小说大系》，南昌：江西人民出版社 1988 年，第 1 页。

小说中尽显无遗。而其所对应的晚清之中国历史，也是极为明显的，正如小说序言中所提及的："年来吾国上下，竞言变法，百度维新。教授之术，亦采法列强，教科之书，日新月异。历史实居其一。"①也就是说，在维新变法之际，清朝的没落腐朽，更是激起了国民对满清入侵中原以及对国人残暴统治的愤恨，于是，悲痛之情弥漫当时之社会，从而便有了对历史的重新回归，意图是唤起国人的切肤之痛，寻求新的精神慰藉与历史突破。

而对于《仇史》而言，"是书乃继《痛史》而作。我佛山人之著《痛史》，伸庄论，寓微言，盖欲我民族引古鉴今，为间接之感触。呜呼！今祸亟矣！眉睫之间，断非间接之激刺所能奏效，故鄙人焦思苦虑，振笔直书，极力描写本族之丧心病狂，与导族之野蛮狂悖，言者无罪，闻者可兴，其或能成《自由魂》、《革命军》之价值欤？是则鄙人与阅者诸君，所同深望也。"②《仇史》之仇，从小说的意指而言，抨击的是满清对汉族的民族与家国仇恨。这样的情感，首先是从外族的侵凌引起的，也就是说，满清王朝的统治不力，导致了外族对中华民族的践踏，国族和国民悲痛激愤的情绪便牵引至满清政府，也就是说，对满清统治下的臣民而言，他们所要面对的，是外族与满人的双重苦难与恨仇。因而在小说中，这样的情绪就更显得悲切难挡。

如果结合上一节中所讨论到的"扩大的同情心"，可以见出，仇恨如果结合国族意识进行情感和情绪上的撒播，那么其所造成的传播性与煽动性，将是极为重大的。而对国仇家恨的感受和觉知，对世人是颇为敏感的，甚至形成了当时民族国家意识初为觉醒的国民感觉结构和情感习惯。结合《仇史》这部小说，很明显，《仇史》是属于革

---

① 我佛山人（吴趼人）：《痛史》序言，见《中国近代小说大系》，南昌：江西人民出版社 1988 年。
② 徐枕亚：《雪鸿泪史》序言四，见《中国近代小说大系》，南昌：江西人民出版社 1988 年。

命派的小说，"是书乃继《痛史》而作。我佛山人之著《痛史》，伸庄论，寓微言，盖欲我民族引古鉴今，为间接之感触。呜呼，今祸亟矣！眉睫之间，断非间接之刺激所能奏效，故鄙人焦思苦虑，振笔直书，极力描写本族之丧心病狂与异族之野蛮狂悖，言者无罪，闻者可兴，其或能成《自由魂》《革命书》之价值欤？"①本族与异族，对应的无疑就是中华之国族所遭受的外族侵凌的史实。这与《痛史》中所持的思想与立场是相类似的，小说的叙事者认为，即便是触及所谓的民族国家的"痛"的历史，但其仍然只是以讲故事的方式，通过小说的形式呈现出来罢了，其中的血泪控诉并不是失去理性的激烈言辞，"看官，我并不是在这里说呆话，也不是要说激烈话。我是恼着我们中国人，没有血性的太多，往往把自己祖国的江山，甘心双手去奉与敌人。还要带了敌人去杀戮自己同国的人，非但绝无一点恻隐羞恶之心，而且还自以为荣耀。这种人的心肝，我实在不懂他是用什么材料造成的。所以我要将这些人的事迹，记些出来，也是借古鉴今的意思"。②由今溯古，依古鉴今，这是晚清历史小说中时常触及的主体，甚至成为特定的历史境况下的元命题。然而值得探讨的地方还在于，这样的命题是通过什么方式勾连古今的，历史与现实之间又是经由什么样的小说形式加以贯通，从而最终实现"借古鉴今"的叙事旨归。

二

从《仇史》可以见出，其虽然写的是明末的历史，但对应的却是清末的政治、外交及社会现实状况。这就涉及晚清历史小说中所包含的另一个形式上的特性，即以彼史为主体，实际指向是此史的形式体

①痛哭生第二：《仇史》凡例，见《中国近代小说大系》，南昌：江西人民出版社 1988 年。
②吴趼人：《痛史》第一回，见《中国近代小说大系》，南昌：江西人民出版社 1988 年。

现。这同样是晚清小说叙事类型之一种。

然而，彼史与此史之所以能够产生对应，并不仅仅出于简单的相似性勾连，具体而言，主要还是有以下几种叙事的要素：一为时间与对象上的勾连。如《仇史》中，写的是"明神宗万历年间"，以"汉奸范文程投满"为开端，一直写到"永历帝二十二年台湾郑克塽降清"而止，其所牵连的，是汉奸的卑鄙倒戈与满清政府的暴戾恶行。而正如作者所指出的，尽管其所参照的是《明史稿》等书籍，但"间有附会，仍重借题发挥，于本来面目毫末无损，阅者谅之。"①以明末附会清末，并不是随意附着的，可以说，范文程的叛变投敌，成为后来数百年统治的起始，这是悲剧之"仇史"之开端所在，也就是说，叙事者试图将内奸和国贼，将历史与朝代的更新换代，视为是人为之因素使然，那么，很明显的是，小说揭露以范文程、郑克塽等为主体的"汉奸"为旨归，影射的无疑是晚清政府奴颜婢膝曲躬献媚外国侵略者而导致国破家亡，因而，小说所要指出的潜在主旨便是，同样是因为"汉奸"这样的人为因素使历史发生转圜，那么当然也可以通过时人的努力，将满清的统治推翻，重造一个新世界。这便是小说将古与今、彼与此有效地勾连起来的内在逻辑。

二为结合当时的国际态势和国族意识。譬如小说的叙事者以一种惋惜或恨仇的方式，通过倒叙的笔法，指出"话说我们中国，居亚细亚洲之东部，本为世界文明一大祖国"，其对世界文化的形成尤其是对周边国家的影响甚为巨大，但却遭到蒙古、满清等外族侵凌。而与此相对应的，则是在清末以来所受到的"远夷"欧美与日俄的践踏，正是由于此一缘由，才激起了叙事者对满清政府的反抗。

三为报仇雪恨或抱憾显志。《仇史》中有言："可叹我们这些汉族子孙，不惟不咬牙切齿，想个复仇雪耻的方法出来，还要替虎作

---

① 吴趼人：《痛史》第一回，见《中国近代小说大系》，南昌：江西人民出版社 1988 年。

怅，助纣为虐，把国民的五官四体，都层层束缚起来，一齐无臭无声，倒说是太平世界，正所谓皇上是开门揖进来的一个强盗，臣下又是恶主雇下的一班狂奴。"[1]哀其不幸，怒其不争，已然成为了牵涉到家国恨仇时的固有程式，然而其往往又不是直接陈述的，而是通过历史的映射曲折地传达出来，又或者是以历史固有的隐喻对应当下的哀痛和仇怨，以此加以形象化的建构，以讲故事的方式重新结构历史。

可以说，《痛史》、《仇史》所形成的叙事模式，尤其是面对历史与现实之时所构造形成的叙事模式，成了晚清小说进行结构化移植的形式根据。也就是说，以《仇史》为典型的历史小说，往往在叙事模式上兼顾古今，通过外在的历史事件的相似性或相连性，针对不同历史人物与历史事件之间的内在牵引，构筑起小说叙事的内在逻辑。

三

如前所述，"痛"与"仇"以及如是这般的情感经验和切"身"体会中，仇与恨，满足与遗憾，隐忍与复仇，消极与奋进，都于焉显现。其中充满了国仇家恨，也不乏情感和人欲之愁思。其中，最为明显的，是国族意识在国民情感观念与文化思维上的更迭，而这方面的激荡，主要通过身、家、国、天下几个维度体现出来：

首先是"身"，在传统意念中，强调的是个体的修为，也即"修身"，以《论语》中之"吾日三省乎吾身"为其发端，尤其如果以儒家思维加以考量，在面对家国天下时，"独善其身"可以说是建功立业的基础。然而在晚清的历史脉络中，由于心为国"仇"与家"恨"所笼罩，切"身"之痛便在所难免。也就是说，国民与世人之"身"，开始为各种政治的、文化的要素所缠绕，并且其中所遭

---

[1] 吴趼人：《痛史》第一回，见《中国近代小说大系》，南昌：江西人民出版社 1988 年。

受的疼痛，已经由一种身体上的体验，上升到情感经验、文化认知以及国族／政治觉知的层面。从作为羸弱民族受到侵凌与蹂躏，到缠足／放脚、蓄发／剃头、束胸／释放等身体部位的革命，再到后来鲁迅、沈从文等作者的小说中时常涉及的砍头情节，可以说，身体所遭受的"痛"成为晚清以来中国民众最为寻常的外部经验和内部觉知。因而无论是传统中国，还是晚清向现代跃进的中国，"身"的出现都不是独立于外部世界的，其往往与家、国、天下相勾连。李伯元的小说《文明小史》中借魏榜贤的口说道："一切变法，都要先从家庭变起，天下断无家不变而能变国者。"在从传统过渡到现代的中国历史进程中，家与国经常被同时置于讨论的范畴之中，"治病者急则治标，乃是一定不易之法，治国同治病一样，到了危难的时候，应得如何，便当如何，断不可存一点拘泥；不存拘泥，方好讲到自由；等到一切自由之后，那时不言变法，而变法自在其中；天下断没有受人束缚，受人压制，而可以谈变法的。"①无论是自由，如是这般形而上学或者意识形态方面的政治／生活理念，只有在国家和民族层面形成"同情"与共识，才能建构起制度性的和思维方式上的合理性和稳定性。

　　而在构建适合民族国家独立和发展的制度化和风气化的公德实践中，小说所能提供的，便是在情感建制和心理习惯上形成一种稳定性的经验程式，从而可以在身、家的私德层面入手，形成浸润甚或是改造的作用，并以此为基础，延及国家和天下的公德界域，如是，便是现代民族国家建立的社会基础和伦理诉求。关爱和《悲壮的沉落》中，提出，"当孝亲与忠君成为个体伦理的自觉时，天下遂归于一统和平，当其受到背叛时，天下则纷乱无序。"而且，"当天下纷乱无序时，必定是道德败坏的结果，救时救世，必以刷新、振兴道德为

---

① 李伯元：《文明小史》第十九回，南昌：江西人民出版社1988年。

先。"①因此，困惑并不在于"新道德"与"旧道德"的问题，也不在道德败坏与净化道德的简单分化，尤其是在小说虚构的文本世界中，并不存在非此即彼或者简单的你优我劣，而是新与旧之间、传统与现代之间，何以能够糅合而成晚清之"中国"的社会空气清新剂，在思维模式、心理特征以及情感反应上，配合社会历史状况和政治文化的演变，通过小说所建制而成的情感、心理和道德想象，形成再生和更新的功能。

胡适在《我们对于西方近代文明的态度》一文中，对古代的宗教与道德提出了批判："古代的宗教大抵注重个人的拯救；古代的道德也大抵注重个人的修养。虽然也有自命普渡众生的宗教，虽然也有自命兼济天下的道德，然而终苦于无法下手，无力实行，只好仍旧回到个人的身心上下功夫，做那内向的修养。越内向做工夫，越看不见外在的现实世界；越在那不可捉摸的心性上玩把戏，越没有能力应付外面的实际问题。即如中国八百年的理学工夫居然看不见二万万妇女缠足的惨无人道！明心见性，何补于人道的苦痛困穷！坐禅主敬，不过造成许多'四体不勤，五谷不分'的废物！"胡适言辞恳切。"近代文明不从宗教入手，而结果自成一个新宗教；不从道德入门，而结果自成一派新道德。"②由此思路，再参照吴趼人在《上海游骖录·著者附识》："以仆之眼观于今日之社会，诚岌岌可危，固非急图恢复我固有之道德，不足以维持之，非徒言输入文明，即可以改良革新者也。"③对于《痛史》的作者吴趼人而言，在"固有之道德"与"新道德"之间，在强调道德与拯救危亡之间，其中的逻辑关系是什么？小说文本中的逻辑何在？《管子》有云："礼义廉耻，国之四维。四

---

① 关爱和：《悲壮的沉落》，郑州：河南大学出版社 1992 年，第 226 页。
② 胡适：《我们对于西方近代文明的态度》，欧阳哲生编，《胡适文集 4》，北京：北京大学出版社 1998 年，第 9 页。
③ 吴趼人：《上海游骖录·著者附识》，见《中国近代小说大系》，南昌：江西人民出版社 1988 年。

维不张，国乃灭亡。"①结合管子的言说，参照当是时的社会政治状态，可以说，国民，吴趼人在这里寻求的是走社会改良的道路。在小说《上海游骖录》中，吴趼人更是借李若愚之口说"改良社会，是要首先提倡道德，务要使德育普及，人人有了个道德心，则社会不改自良"。②由此可知，"德育普及"是"改良社会的第一要义"，而如若"我们中国人道德殆丧尽，就是立宪也未见得能治国，还怕比专制更甚呢"。③从保国本道到小说养道，维新时期的中体西用于焉显现，历史的印记也是颇为明显。而随后的"驱除鞑虏、恢复中华"，更是将满清推向绝境。但在这个过程中，尽管历史瞬息万变，但是对"道德"与"天下"的探讨却并未平息，更有甚者，如果参照晚清诸多的科幻作品与乌托邦小说，那么还可以见出的是，不同的国家与不同的文化，重新以中国为中心，如《新中国未来记》中所描述的一般，万国重新朝归，从而创造出一种中国历史上前所未有的想象性的新天下。总而言之，晚清的小说叙事，在涉及身、家、国、天下的命题时，往往通过重新参照世界与"天下"，塑造中国国族与民众的理智与情感。以一种新道德——这样道德的含义是极为宽泛的，甚至涵纳国民的情感、心理以及社会运转所必须的理性基础。

　　如果回到本书所讨论的上海语境，那么，上海有一种新的"天下"：那就是在跨文化语境中形成的世界视野中的天下，被割裂的领土的复杂天下，呈现出来的是华洋杂处、中西杂糅的合并天下观。然而值得注意的是，寓于都市上海的"天下观"，又是回归到生活的，是由主体的切 "身"之境生发，融入个体／群体的日常生活伦理。

①黎翔凤：《管子校注》，上海：中华书局2004年，第19页。
②吴趼人：《上海游骖录》第八回，见《中国近代小说大系》，南昌：江西人民出版社1988年。
③吴趼人：《上海游骖录》第九回，见《中国近代小说大系》，南昌：江西人民出版社1988年。

## 第三节 "小史"与"外史"：
## 从边缘到中心的话语转换

一

李伯元的《文明小史》一开篇，便应了"小史"一词，从"湖南永顺府地方"讲起，该地"毗连四川，苗汉杂处，民俗浑噩，犹存上古朴陋之风"，"虽说军兴以来，勋臣阀阅，耀一时，却都散布在长沙、岳州几府之间，永顺僻处边陲，却未沾染得到。"可以说，小说虽然落脚点在于湖南永顺这样的小地方的民风官场，但是叙事者还是将笔触对准了维新时期的洋人和洋教，当闭塞偏僻的小镇遭受到来自国外洋势力的侵袭时，人们对于时局变动所带来的惶恐、期待和疑惑，纠缠其中。如果从更为细致的层面而言，"小史"所展现的社会与人心状态则更为微细，譬如小说以极尽讽刺之能事为核心，在具体的表现中，如一个茶碗的摔破，就将官府、民众和洋人之间的关系加以挑明，并且在这个过程中，整个中国当时的时局也若隐若现起来。

尽管李伯元在小说中以"小史"为题，前半部分写的也是些小人物和小地方，但其处处不忘中国之大历史，或者在"小"中，往往寄寓着"大"的旨归。这从小说中所涉及的对洋鬼子和基督教的

· 125 ·

复杂心态、来自意大利的矿师勘探矿藏中所透露的国外技术，都说明了叙事者对时代风潮的熟谙与关注。这里需要指出的是，叙事者越是在小地方与小人物之小历史中，管窥时代大历史的风向，就越会在两者之间形成强烈的反差，而其中所形成的张力也同样显而易见。当然，之所以会以小见大或寓大于小，事实上也是由于晚清时代剧变中的中国，其所发生的变动往往经过层层渗透，从都市到城镇再到乡村，从上层社会到底层民众，都会对时代的风潮作出自己的回应。可以说，"小史"与"外史"所指示的在边缘与中心交相激荡的社会状况与历史现实，以及在这个过程中所生发的情感波动与思想震荡，都在经受着晚清历史更迭的洗礼，与此同时，也都在见证着时间的裂变。

因而，所谓的"小"，其所讲述的，是边缘地域的人文和风俗，其目的则在于呈现历史的另一种时间和地域，在由"小"而"大"、以"大"入"小"，最终"大"、"小"相互映衬、渗透、激荡时，小说本身之"小"，也像经由梁启超等人所力倡的那样，其作用和功能也渐渐由小而大地膨胀起来。可以说，从小说的题材、旨向，再到小说的地位功用，如是两者之间也存在着内部的勾连和相互的鼓荡。以小说为小史，不仅仅是补正史之阙如，而且更为重要的是以小史，印证和衬托中国呼啸前行的大历史，以边缘的地域与细微的生活细节，表征晚清剧烈变动的时间段落。

而到了小说的后半部分，作者将笔端移至上海等地，可以说，这是直接从穷乡僻壤的小地方，过渡到了大都市，很明显，叙事者更希望以上海之"大"，来反射和对照别处之"小"，这是小说明显的意图，尤其是将贾氏兄弟等人作为都市上海的他者，开始以一种陌生化的视角对上海进行审视。可以说，在上海，他们遇到的是新人（婚姻自由意识统摄下的男女）、新女性（如不缠足会与天足运动）、新书、新学等。叙事者的意图似乎非常明显。小说的十九回，贾氏兄弟的古旧衣着开始暴露其身份,而叙事者之所以进一步强调他们寒酸贫乏的出身,意图便在于为小说的敷衍提供了特定的观测和查看的视角,同时也是将他们置于都市的语境中,在不同文化的激荡之间,显露他们的闭塞和尴尬。但也不免有管窥之见。例如该回中对女人的看法。而"假洋鬼子"劳航芥的出现,则令情形更为扑朔迷离。劳航芥凭借其留学背景,在上海、安徽等地,见风使舵无所不为,却又如鱼得水无所不能,在以"外"（国外、民间）入"内"（国内、官方）的过程中,他将己身之"外"的身份背景与"内"的劣行,寄寓于转型中的现代中国,而他的命运也昭示了整个时代的昏昧不明。很明显,叙事者以固有的意指介入劳航芥的描写,显然无法涵纳这一形象,但却将其复杂性展现了出来。

　　这里还将重点讨论的是,另一部在晚清引起轰动的小说《留东外史》,同样是"外史",这里主要触及的是留学日本的士人、官员、商人及流亡者等若干群体在日本的生存境况,"原来我国的人,现在日本的虽有一万多,然除了公使馆各职员,及各省经理员外,大约可分为四种：第一种是公费或自费在这里实心求学的；第二种是将着资本在这里经商的；第三种是使着国家公费,在这里也不经商,也不求学,专一讲嫖经,谈食谱的；第四种是二次革命失败,亡命来的。第一种与第二种,每日有一定的功课职业,不能自由行动。第三种既安心虚费着国家公款,饱食终日,无所用心,就不因不由的有种种风流的趣话演了出来。第四种亡命客,就更有趣了。诸君须知,此次的亡命客与前清的亡命客,大有分别。前清的亡命客,多是穷苦万状,仗着热心毅力,拼的颈血头颅,以纠合同志,唤起国民。今日的亡命客,则反其事了。凡来这里的,多半有卷来的款项,人数较前清时又多了几倍。人数既多,就贤愚杂出,每日且丰衣足食。而初次来日本的,不解日语,又强欲出头领略各种新鲜滋味,或分赃起诉,或吃醋挥拳。丑事层见报端,恶声时来耳里。此虽有于少数害群之马，而为首领的有督率之责，亦在咎不容辞"。可见，所谓的"外史"，当然是涉及旅居于国外的人群之历史，然而值得注意的是，"外"与"内"之间，又时常是相牵连的，这一点从留日学生的"丑事层见报端"可以见出，而"恶声时来耳里"同样也是"丑事"由"外"而"内"的流播；更为重要的是，在叙事者看来，留寓于外的中国人，对国内风气、政治的消极影响，甚至留学海外的人员，他们对国族危难、强国保种的不作为，也在叙事过程中遭到揭示。正如龚自珍所言："士不知耻，为国之大耻"，长此下去，"则何以为国？"因此，"正人心、厉风俗、兴教化"就显得尤为重要，"人心者，世俗之本也。世俗者，王运之本也。人心亡，则世俗坏；世俗坏，则王运中易。"①人心与世俗所代表的民间化倾向，与政治和庙堂层面的"王运"，表面上并无必然的联系，然而，两者也往往相互渗透、彼此影响，并在交接和融合的地带中相互呈现。这也从另一个层面展示出了中心与边缘之间的转换。从《留东外史》主要呈现的内容可知，无论是留日学生嫖妓泡妞的风气日盛，还是一直沉浸在享乐荒淫之中，在叙事者看来，他们一无是处也一无所用。结合《文明小史》中浓重的批判意味，可以说，之所以小说怀抱着强烈的精神导向和叙事意指，是因为无论是《文明小史》中的"小"，还是《留东外史》中的"外"，对于晚清小说的叙事样态而言，无论是边陲还是海外，所指示的，都有一个挥之不去的家国中心与道德伦理中心。

二

将《文明小史》与《留东外史》置于一起进行讨论，一方面是出于小说的内在纹理与情节结构，例如《文明小史》从湖南、安徽

①龚自珍：《明良论二》，《龚自珍全集》，北京：中华书局1959年，第31页。

等边陲的小史，一路讲到了现代大都市上海，从一个民风"朴陋相安"的小地方，到繁华与罪恶的都市上海，实现历史的边缘与中心之间的对接，也由此生发出了许多饶有兴味的问题。另一方面，正如李欧梵所指出的："《文明小史》也算是'外史'，但它的历史至少一半是外来的，包括意大利的工程师、英国传教士（映射李提摩太）和德国的军事教练……作者谦称'小史'，但内中新事物繁多，早已超过了正史的记述。"①也因为此，"小史"与"外史"相类似，都具备了一种跨文化的视野。此外，"小史"与"外史"所指示的晚清小说中涉及的形式探索和叙事模式，同样是这一节所要探讨的关键。

不仅如此，李欧梵还在文章中拿《儒林外史》与《文明小史》作比较，指出前者在故事的表面虽"备极嘲讽"，但背后却隐藏着一个"真正的儒家支柱"，"所以在最后的祭奠仪式也备极隆重。"而对于《文明小史》而言，那个坚固而内在的传统中国及其儒家文明已然隐匿，"整个小说的各种奇怪人物都是新冒出来的，就是在这十年间才出现于晚清社会，和一个世纪前的《儒林外史》的世界差别太大了！"因而，"《文明小史》已经失去《儒林外史》中的文化稳定性"。②李欧梵在这里是将《文明小史》提升到了一个思想史和文学史的高度进行衡量，然而，这样的研究思路并不是这里所要讨论的重点。如果从文学与形式的角度而言，如何有一个大的小说形式层面的容器，表现其所提出的"整个小说的各种奇怪人物"以及与以往小说如《儒林外史》所呈现出来的新的文化差异性。

实际上，对晚清的小说进行形式层面的探究，固然是试图指出其结构化的形态，试图探索出晚清上海叙事内在逻辑与形式纹理。在

①②李欧梵：《帝制末日的喧哗——晚清文学重探》，见王尧、季进编《下江南——苏州大学海外汉学演讲录》，上海：复旦大学出版社2011年，第125页。

《文明小史》中，初到上海的贾子猷更拍手拍脚地说："我一向看见书上总说外国人如何文明，总想不出所以然的道理，如今看来，就这洋灯而论，晶光烁亮，已是外国人文明的证据。然而我还看见报上说，上海地方还有什么自来火、电气灯，他的光头要抵得几十支洋烛，又不知比这洋灯还要如何光亮？可叹我们生在偏僻的地方，好比坐井观天，百事不晓，几时才能够到上海去逛一趟，见见世面，才不负此一生呢？"而在乡下生活了一辈子的老太太，似乎也对上海有所耳闻，她叹了一口气，说道："上海不是什么好地方，我虽没有到过，老一辈的人常常提起，少年子弟一到上海，没有不学坏的。而且那里的浑帐女人极多，化了钱不算，还要上当。你们要用功，在家里一样可以读书，为什么一定要到上海呢？"[1]对比两者可见，对上海的想象呈现出两种不同的面向，一个是对都市样态的憧憬和向往，其体现的是现代化的接受程度。而另一个则是老太太的传统势力对上海的贬抑和妖魔化，这是传统力量在现代城市发展进程中的自然反应。然而到了后来，小说所展示的想象中的上海状貌，则呈现出了更多的复杂性，尤其是在刻画劳航芥的过程中。都市本身在现实与虚设之间，在诈伪与真诚之间，往往展现出丰富多样的面向，而这样的空间也让"假洋鬼子"劳航芥得以寄寓其间使出其浑身解数，谋得己身之私欲和私利。

而贾氏兄弟到达上海之后，其最主要的感受方式和观念形态差异很大，便是观看。首先是在茶馆中购买了一张新闻纸，并决定要去戏园中观看新戏《铁公鸡》；其次是对女人和男人的目光聚焦，"忽见隔壁桌上有一个女人"，"看那妇人年纪不过二十岁上下，头也不梳，脸也不洗，身上穿了一件蓝湖绉皮紧身，外罩一件天青缎黑缎子镶滚的皮背心，下穿元色裤子，脚下趿着一双绣花拖鞋，拿手拍着桌

---

[1] 李伯元：《文明小史》第十五回，见《中国近代小说大系》，南昌：江西人民出版社 1988 年。

子说话；指头上红红绿绿，带着好几只嵌宝戒指，手腕上叮吟当啷，还有两付金镯"。通过眼睛之查看，他们开始运用已有的知觉系统和知识结构，对此女人进行身份和职业上的判断。而其对男人的观看，则同样是从外貌，衣着等方面进行观看。随后，"贾氏兄弟见此四人，不伦不类，各自心中纳闷"，显然，于上海所见之男女，令他们如刺在背，姚老夫子则同样以轧骈头冠之。随后，叙事者将视角挪移到彼一女三男及旁观者身上，揭示其为专轧骈头、吊膀子的广东阿二，在专替人拉皮条的马夫阿四、洋行跑楼的瘦长条子、包打听的伙计之间的纠葛。由此揭示都市上海中男女之间关系的复杂混乱，因为这一层面的呈现，在贾氏兄弟"男女之大防"的古旧眼睛中，制造出来的冲击最大。再次则是中西之间的跨文化观看。他们先是看到了一个身着洋装的国人，"师徒五个人，因见这两个踪迹奇怪，或者是什么新学朋友，不可当面错过，于是仍旧坐下，查看他们的行动。"可以说，通过几双传统知识人的眼睛，叙事者开始对都市上海进行一个陌生化的观照，这是晚清想象上海的一种最为突出的方式。在这个过程中，上海作为他者而存在，其与作为自我存在的现代都市，其间的纠葛和勾连，所在颇多。

三

　　这里将"小史"与"外史"作为晚清小说的叙事类型模式，主要指示的是作为一种对焦历史和叙述历史的形式，小说这一文学品类在晚清的中国尤其是上海，发生了怎样的变动？在探究的过程中，不仅涉及小历史与大历史之间的互动，而且在乡村与都市、地方与中央、国内与国外之间的互动、穿插和交汇中，呈现出在晚清这一剧烈变动的历史过程中，产生了伦理道德和思维习惯、精神震荡和意识观念等层面的新变。

　　而以"小史"与"外史"为题，从文本形态而言，则构成了晚清小说的写作，不仅是思想史和文学史，而且还将涉及生活史和情感史。具体而言，之所以称为"小史"，因其从中国边缘的小地方和小人物入手，写出晚清中国历史进程的诸种变化由政治 / 经济 / 文化的中心城市（如都市上海）向偏远城镇和内陆县乡的逐步渗透；与此同时，所谓"小史"，还写了官场细微之丑态，从官场中人的言语行为切入，口子很小，切割颇深。叙事者甚乎要从臧否人物的一举一动、一言一行中，揭示出政治之腐朽与权力之荒唐，让人物的丑态败露尽显，似乎不如此不足以展现一个全面的彻底的"怪状"。如《文明小史》第二十六回，女会党坐塌座椅，不惜以微细的笔致加以描述，极尽讽刺嘲弄之能事。

小说中曾涉及到济川与母亲两人的对谈，体现出了两套价值体系之间的龃龉，两人在各陈己见的过程中，难以达成一致的态度。但是从中可以见出，民主科学作为当时中国流行的价值观念，也逐渐渗透到时人的日常生活，并在家庭中引起波澜。因而可以判断，中心与边缘总是在相互映衬和对照，中心的价值理念、思想意识，往往会波及边缘与细微的局部。

与此相联系的，还有"小史"所对应的小说形式特征，一方面，晚清小说的地位由边缘走向了中心，自不待言；另一方面，小说的功用性自然是升级到了经国大业与开启民智的地位，但是对于小说形式的发展而言，则同样是由细微之处发生渐变，从细枝末节的叙事时间、叙事角度等方面开始牵动小说形式的大更迭。正如李欧梵所言："用 Franco Moretti 的说法，就是小说形式的演变（Evolution）往往从微不足道的小节开始，逐渐牵动全局。这个过渡时期的小说家也不像乔伊斯一样开创一个语言的新世界，而大多是'泥瓦匠'（Bricoleur），这里堆堆，那里砌砌，却在不知不觉之中引起小说形式的演变和发展。我认为晚清小说就是如此。这显然是'新'、'旧'之间的一种文体过渡，换言之，晚清文学挣扎于'世纪末'和'世纪初'之间，既顾后，又瞻前，但在表面上却看不出形式上的创新，而是用一种乱七八糟的拼凑方式进行的。"①

如是这般的以小见大，成了晚清小说叙事形式的重要体现，在《留东外史》中，则更是将家国天下之理念完全抽离，体现在周撰、黄文汉等众多留日学生身上的，完全是吃喝玩乐、坑蒙拐骗的劣迹，这既是一种与读者、娱乐的合谋，同时也建构出了留学生的另一种形象。在这个过程中，历来补正史之阙如的小说，尽管还是以民间的日常生活之故事性的"小" 切入时代进程，但其与现代传媒和新式读者的合拍，以及其中家国理论诉求所指示的民众国族精神改良，透露出晚清小说直接参与家国民族的改造和建构之中的尝试。

---

① 李欧梵：《帝制末日的喧哗——晚清文学重探》，见王尧、季进编《下江南——苏州大学海外汉学演讲录》，上海：复旦大学出版社 2011 年，第 121 页。

## 第四节 "恶之花":
## 晚清小说都市想象的历史建构

### 一、从"溢恶"到人性恶

晚清不乏"溢恶型"的小说,引用较为知名者如《九尾龟》、《海上繁华梦》、《海天鸿雪记》等作品,其对恶的呈现颇多,主要通过对男女之欲望、都市之罪恶、各行业之黑暗以及人与人之间的诈伪进行展露,目的往往在于揭露与批判。然而,无论是谴责小说,还是狭邪小说,在以"恶"为中心敷衍故事的过程中,所呈示之"恶",往往只是为恶而恶,也就是说,是为了达到惩戒、嘲弄和讽刺甚至是直接斥恶的叙事旨向而生发和铺衍出来的人物与情节,如《九尾龟》,写尽了倌人、官场的丑陋和可恶,然而值得注意的是,其中的描述,"恶"有余而人性彰显不足。究其原因,就在于其所注重展现的是社会政治与都市生活层面的表层内容,主要是以类型化故事的不断铺设进行情节的组织,强调的是表面上的反映,其中当然也不乏《海上花列传》这般杰出作品,但也只是在生活和情感层面,以"穿插藏闪"之笔法,结构"平淡而近自然"的人物关系与都市生活。值得注意的是,清末的小说,往往没有将笔端渗透都市的深处,触碰商业经济萌发时代都市生活中愈发凸显的经济纠葛和商业诈伪,以及在这个过程中凸显出来的人情、人性方面的诡黠和纠结。

而《歇浦潮》的独到之处则在于，既对准了都市上海的生活现场与市井社会，并以此为契机和前提，介入人物的内心，最后切入恶的主题，挖掘其中的人性之恶。而如是这般寄寓于最为日常的情感世界和都市生活，紧紧扣住都市最为嘈杂繁复也最为寻常的层面来写，将人性与恶之间的复杂性有机地联系起来，《歇浦潮》与以往呈现上海生活的小说之间的差异，还有第二点，那就是对作为经济和商业中心的都市上海以及活跃于其中的群体（如旧学维持会、各种商业团体以及诸如股份制公司、一同投保的利益共同体等）与个体（如嗜钱如命的旧学维持会会长汪晰子、自毁自家仓库以骗保的钱如海等）进行浮世绘般的集中呈现。

与《海上繁华梦》之"繁华"及其背后的苍凉相对照的，是《歇浦潮》的恶浪滔滔。"无论是政治，是学问，是商事，是革命，是男欢女爱，到了上海，便都会奇异地走样变种，其演变的依凭大约就是生存的需要，是一种在一个非自然的人造的世界里生存的需要。"王安忆在一篇文章《上海开埠后的市民故事——读〈歇浦潮〉》中就敏锐地意识到，"洋洋一百回，写尽了人生丑态，个个都是骗子，人人都是敌手。"例如小说中的汪晰子，成立了"旧学维持会"，拮据寒碜，丑态百出，甚至为了侵吞女婿留下的五万遗产，不惜以女儿的终身守寡为代价，换取节妇的"美名"。"这时分，中国人长久信仰的儒教在上海人心里已消失殆尽，急于求胜的上海人已不在乎人格的完善，机会均等尊卑无分的上海人也已不在乎君臣父子的差异与尊严了。"最为出乎意料的是，嗜钱如命的钱如海，故意纵火烧烬假大土，谋取保险公司的赔款；而令钱如海万万想不到的还在于杜鸣乾的黄雀在后，就在钱睡梦中遭电击猝死之后，杜鸣乾趁势讨好其夫人，并最终将钱如海的巨额赔款纳为己有……尔虞我诈纷纷扰扰，正所谓"喝了黄浦江的水"，人性之恶在小说中被充分发掘了出来，甚至引发出了一种带有质疑性质的追问："上海人究竟是什么人呢？上海又究竟是个什么样的地方呢？"最终，作为当今海派小说的代言者的王安忆不得不承认，"'海上说梦人'和《歇浦潮》的产生，本身便是一个上海故事了。"① 由此可以见出，《歇浦潮》所展现的上海社会及其所揭示的晚清的历史境况，已然被归为上海叙事的写作资源和历史想象之一种。

《歇浦潮》一开端，即毫不隐讳地指出当是时的历史境况："据说春申江畔，自辛亥光复以来，便换了一番气象。表面上似乎进化，暗地里却更腐败。上自官绅学界，下至贩夫走卒，人人蒙着一副假面具，虚伪之习，递演递进。更有一班淫娃荡妇，纨绔少年，都借着那文明自由的名词，施展他卑鄙龌龊的伎俩，廉耻道丧，风化沉沦。"② 文中所指示的时间，是在"民初"，也就是在政治上摆脱了封建帝国统治之后，表面上实现了历史的跨越与"进化"，实际上，其中的腐化堕落所在颇多。而新的政体还在酝酿过程中，无论是思想界文化界，还是国内外的局势，都呈现出混沌一片的状态，也因此，"恶"的容积越来越大。而对于都市上海而言，人性恶便由这一时期而始，成了都市历史中建构起来的想象。

## 二、道德伦理与情感发抒

胡志德在其文章《逆潮而上——〈歇浦潮〉》中，提到民初上海的姨太太问题，指出正是石库门的出现，对于清末小说中所难以容纳的从良倡人，到了民初，命运发生了新的转变。事实上，这其中有一个发展和演变的过程，解决的方式与新的生存界域和家庭组合方式密切相关。以晚清之际的烟粉或狭邪小说来看，一开始是妓女从良之后，往往在传统家庭中无所适从，或携款私逃，或仅仅为了逃离束缚

---

① 王安忆：《上海开埠后的市民故事——读〈歇浦潮〉》，见《我读我写》，上海：上海人民出版社 2001 年，第 37—43 页。

② 海上说梦人：《歇浦潮》第一回，上海：上海古籍出版社 1991 年。

己身自由的牢笼而离家出走，甚至是根本就不愿意嫁入传统的家庭做姨太太，而更愿意无忧无虑地生活在妓院之中。而到了民初，姨太太们得到了新的安置，如胡志德所提到的《歇浦潮》中石库门作为一个新的地域，得以延伸出新的家庭形式和生活方式。事实上，新的空间的开辟，代表的是强有力的权力控制在维持旧时家庭的前提，对欲望的客体进行重新移植，从而建构起新的欲望空间。关于空间转换与欲望生成的话题，先前已作出深入的探讨，此不赘述。

可以说，在这个过程中，《歇浦潮》在欲望、道德、抒情等层面，呈现出了更为丰富的复杂性，各种因素在都市上海频繁上演，各各掺杂其间，演绎出了一出多声部的都市交响曲。

道德之于中国小说，自始就是个大问题，围绕于此的欢愉、苦闷、困窘、焦灼，经常被提及，又无数次被搁置。可以说，是中国叙事文学对这一个痛苦漫长的历史进行思索的展现与回应。如唐传奇，如冯梦龙，如凌濛初，如吴敬梓，曹雪芹，一直到吴趼人、张春帆以及晚清的诸多小说作者。正因为中国传统小说被斥为"稗官野史"，不入大流，就使得其在民间与官方、写实与虚构、生活与历史之间，形成了许多的折叠与展开、收束与铺延；而到了近代，关于东方与西方、传统与现代的重要命题，则又更多地通过小说的方式得以表现。因此，立足于中国的叙事文学，有助于对中国的生活伦理与风气道德的蕴蓄与展开、收束与张扬、回旋与前行，提供有益的面向和多样的探索。竹内好曾说：我并不认为国民道德的重建这个课题是只有文学家应该承担的……但是，这个课题的表现艺术之一面，从哪个角度来考虑，还是应该由文学家来负责的。文学家对于这个课题不予表现，不解放被压抑的本来表现，谁做这个工作呢？对于一个时代的文学表现负责的，除了文学家以外没有其他。[1]

---

① 竹内好：《亡国之歌》，《全集》第7卷，26–27页。转引自坂井洋史：《忏悔与越界——中国现代文学史研究》，上海：复旦大学出版社 2011 年，第 157 页。

因而，在晚清的上海，在"礼失求诸野"的时代精神状况中，小说的游记因素、道德诉求、抒情样态以及围绕其中的主体生成，都体现出了：每当社会道德坍塌，仁德颓败之际，文学必定借助其触角，四方寻觅，借以延伸至文化积淀的深处，或延展到异地文化的新因素，寻求深层次的精神拯救。

可以说，《歇浦潮》成为晚清上海叙事的一个，无论是清末频繁触及的享乐共同体（倌人、嫖客）、还是逐利共同体（官僚、资本家、买办）、守旧—趋新共同体（旧学维持会）等，都可以见出小说中所呈现出来的松动与重构意味，在性别叙事的伦理旨向、英雄形象的叙事伦理等层面，都存在着新的转向和变动。在小说中，倌人媚月阁与贾少奶之间有一段谈话：

> 媚月阁道："我想杜十娘这人，不知是真有的呢？或是做书人假造出来的？"
>
> 贾少奶道："自然是真的，你不曾见过戏台上做的杜十娘怒沉百宝箱那段故事吗！倘不是真的，怎会做到戏文上去。这桩事令人怪可惨的，也是妓女要紧从良，嫁着良心汉子的结果，你提他作甚？"
>
> 媚月阁道："适才我见《今古奇观》上也有这段故事，故而偶尔问问。"

在这里，出身良家的贾少奶其实对杜十娘是有隔阂的，而媚月阁的疑问才是发自心底的困惑，后者对杜十娘既存有疑窦，与此同时又抱有同情。对于贾少奶，从良意味着道德上和身份上的升级，如何摆脱妓女和妓院的缠绕，是头等大事；然而对于媚月阁而言，从良是否意味着是最佳的归宿，仍未可知，而主体意识的发抒则必须经由己身之认同或同情，方才得以在生活选择和欲望形成中发挥效应。在这里可以说，在虚构与真实之间，在传统与现代的对接过程中，道德伦理与主体情感之发抒既充满了龃龉，同时又唇齿相依相辅相成。

## 三、都市空间中的民族主义与革命意识

当小说提到宋教仁在火车站惨遭暗杀之后，如此评述到："因宋先生有功于国，无仇于民，那下毒手的人，若非丧心病狂，决不忍在中国人材缺乏之时，将这样一个大人物，轻轻暗杀……一天，他们在张园为宋先生开追悼会，席棚中所挂的挽联不下千余幅，倒有一大半是痛骂总统之作；就是登台演说之人，也带着几分骂意。这天所开的会，那里算是追悼会，简直算得是大骂会。"[①] 张园在这里成了民众自发悼念宋教仁，发泄自身悲愤的集会场所。因为其中所呈现出来的政治意蕴甚至社会诉求，而使得张园成为一个名副其实的公共领域。不仅如此，本尼迪克特·安德森在《想象的共同体》中，说道："没有什么比无名战士的纪念碑和墓园，更能鲜明地表现现代民族主义文化了。这些纪念物之所以被赋予公开的、仪式性的敬意，恰好是因为它们本来就是被刻意塑造的，或者是根本没人知道到底是哪些人长眠于其下。这样的事情，是史无前例的。你只要想象一下一般民众对于好事者宣称'发现'了某个无名战士的名字，或是坚持必须在碑中存放一些真正的遗骨时的反应，就可以感受到此事的现代性了。一种奇怪的，属于当代的亵渎形式！然而，尽管这些墓园之中并没有可以指认的凡人遗骨或者不朽灵魂，它们却充塞着幽灵般的民族的想象。"[②] 尽管安德森在这里讲的是"无名战士"的墓园和纪念碑在民族国家形成中的作用，但是如果结合《歇浦潮》中的情节，当公众人物譬如在革命中受到尊敬的宋教仁，在都市上海的公共场域张园被民众悼念时，其在革命意识与民族国家意识层面所起到的效果，显然与安德森所言两相契合。

---

① 海上说梦人：《歇浦潮》，上海：上海古籍出版社 1991 年，第 314 页。

② 本尼迪克特安德森：《想象的共同体——民族主义的起源于散布》，吴人译，上海：上海世纪出版集团 2011 年，第 9 页。

不仅如此，在小说中，还频繁触及了有关租界中的判案执法问题。例如小说的第六十二、六十三回，就以很长的篇幅，触及租界断案的场景；不仅如此，而且在小说第四十回中，孔律师与租界法律甚至对官员赵伯宣还产生了强力的威慑力。这说明了租界与华界中人物主体与公共律法之间的勾连，尤其是当国族主义与殖民主义发生冲突时，后者的效用往往更为切实。而世界性和跨文化的因素，也开始以此冲击中国固有的精神和生活。这里需要提及的是，普天之下莫非王土的中国土地，其公有的性质却在晚清之际，被帝国的瓜分所取代、占有而私有化。值得注意的是，帝王／国族公有之土地，在被帝国／殖民者私有化之后，却又于其间开辟出了更为细致的公共场域与私人领域之间的差异。

如果说倪伯和对都市的判断总是错误的话，在他夹着尾巴回内地之前却留下了一个令人印象深刻的判断。他被人带着从租界往南走到了老城区后，一开始的印象并不太好："步行进城，见街道狭窄，游人辐凑，两旁小贩，摆着各种地摊，行路时一不经意，便有碰撞之虑，与租界相比，真有天渊之别。"倪对这里的印象跟同时期大多数中国人——包括上海本地人和内地来的游客——是差不多的。比如1883年的《申报》上刊登了一篇很有影响的文章，对这两个地区做了一系列对比，文中积极地评价租界，最终结论几乎跟倪的陈词滥调一模一样："如果华界要与租界相比的话，这差别正如天渊。"[①]

因而，在公与私、世界主义与民族主义、侵略与革命之间，存在着极大的生存空间和阐释空间，其中的龃龉所在颇多，寄寓其中的复杂性也难以言明。在这种情况下，也就出现了《歇浦潮》中的种种乱象，正因为空间的多重属性以及革命与反革命、私己场域与公共领

①胡志德：《逆潮而游——朱瘦菊的上海》，见王尧、季进主编《下江南：苏州大学海外汉学演讲录》，上海：复旦大学出版社2011年，第176页。

地的重合和分化，更是令小说的人物主体身份和精神状态，时常产生错乱和倒置。而这一切，都与现代化都市的生存样态和残酷的欲望争逐，有着密切的关系。"同时，一种没有地域差别，没有乡土根源的大城市文化就此萌芽。这种世俗化的文化与中国的士大夫贵族文化大相径庭，只有在上海这样的本土文化薄弱又遭冲击的新大陆才可生根开花。"[①] 因而可以说，在上海，存在着一种想象式的传统，这里指的是接续性对传统文化的建构，由于上海作为地方性的城市/都市存在确认较晚，加之上海因为开埠通商以及设立租界等世界性因素的深入而使其文化传统以及中国精神逐渐被稀释。又或者说，一种跨文化的现实/精神样态逐渐在现代化的都市上海生根发芽，当世界性的浪潮汹涌而来时，作为现代城市的上海肌体内部，其实已经做好了诸多准备。而人性恶以及寄寓其间所呈现出来的欲望消泯和生成，国族和私己在租界中所面临的新的公/私龃龉和内外交困，在这个过程中，则成为上海迈向现代过程中的重要面向。

---

① 王安忆：《上海的故事——读〈歇浦潮〉》，见《我读我写》，上海：上海人民出版社 2001年，第40页。

# 第四章

## "镜"中"花"：
## 社会阶层的文化生态与都市镜像的虚实对照

如果对晚清小说中的上海叙事进行综合的考察，那么可以看出，其中所展现的情状，但凡官员必腐败堕落、妓院嫖客必荒淫伪诈、商人必狡诈虚伪、文士必愚昧可笑……可以说，社会各阶层之间往往存在着某种特定的程式进入小说的叙事轨道，这固然与此一时段小说身上肩负的历史使命有关，但也相当程度地映射出了晚清上海的社会现状与文化生态。

可以说，都市上海现代化的发达程度，在晚清已经初见端倪。在城市所体现出来的社会分工日益明确、社会阶层分化日趋显豁以及各阶层的文化样式和思维形态逐步形成并稳固下来的过程中，以都市人群中的阶层为聚焦对象，对他们的文化生态和生存状态进行细致的分梳，将有利于立足都市上海的因素对其进行各个层级的梳理，这样不仅能够对现实中的城市现代化发展与小说虚构和想象的城市样貌进行对照，而且还能够从中探析出只有小说才采取的言说策略和语言形式。

当然，事实并没有这么简单，毕竟小说所虚构出来的世界，作者和叙事者本身所坐拥的立场和旨归不同，所投射出来的都市社会镜像，在虚构与写实之间必定存在着差异，然而，正是这样的差异，形成了一种张力，在虚与实、中与外、古与今的跨文化交流中，形成深刻而内在的对话。

需要作出说明的是，这一章，主要以晚清的社会小说与世情小说作为文本。尽管小说的叙事因为涉及都市的复杂境况，呈现出丰富的映像，但是小说所提供的叙事视角和言说策略，也必然代表着一种立足于都市上海的观照视野，及其所透露出来的历史信息和都市状貌。虚构与现实之间，在彼此独立的同时，又时常相互渗透，虚构以想象的方式以及对现实强大的干预能力介入晚清的事功层面，而社会历史与政治现实尤其是上海的跨文化语境，对小说叙事的影响也是显而易见的。因而，如何在现实与虚构之间，探究其有效的勾连，并在此基础上，对晚清的都市社会阶层之间的群体构成、活动场域与思想形态，进行对焦和揭示，揭露跨文化形态下的群体倾向、人际交往和精神构成。更为重要的是，探究晚清小说在面对都市中人时所采取的叙事策略和言说倾向，揭示都市上海的历史想象与小说叙事的形式建构之间的相互纠葛和彼此生成之关系。

# 第一节　映照与显像：
# 上海社会与都市圈层的跨文化镜像

### 一

在晚清小说的上海叙事中，出现在都市社会中的诸种人群，不仅本身自成一体，在城市中实现着交流、交换和生产的正常运转，不同职业之间的自足性也颇为明显，社会分工明确以至于形成了不同的专业领域和社会团体；而且不同的群体与个体之间，存在着交往、应酬、服务等诸多关系，从而形成一种所谓的"主体间性"，也即"交互主体性"。体现在晚清的小说叙事中，如果从群体与个体的层面分析，一方面是共同体之间的形成，另一方面则是主体在共同体之中的融合、偏离乃至缺席。

关于这一点，可以从《海上花列传》说起，作者在序言中，曾提及小说所铺衍出来的人物"列传"，事实上这便是一种共同体的关系，这一点在之前就已经有所提及。这里要说明的是，对利益、享乐、欲望的追寻，实际上古已有之，然而，到了晚清的上海，这样的群体性关系被进一步等质化与稳固化，在商业与经济大潮的冲击下，在民族国家的危机语境中，无论是享乐共同体、商业共同体还是政治共同体等，人物群体在都市社会中所营构而成的利益关系和欲望关系，都通过彼此之间所受到的控制、所依托的规则、所形成的共同想象、所寄寓的场域和圈子，在装扮、品位、玩乐、淫逸、诈伪等方面体现出社会交往和个人欲求，展现着这个时代和这个都市的欲望倾向。

对于上海，首先从一个大的层面而言，一种既清晰又模糊的国民心态和民族意识，在都市上海的人群中萌生和蔓延。这一点显然与上海的租界以及国外殖民势力在上海的侵蚀大有关系。可以说，租界以及租界所带来的律法司法的规约、公共/私人空间的交错、跨文化思维和精神的发端，都在很大程度上拓宽了都市人的价值形态的认可度。尤其是纵情声色的都市生活状态，更是模糊了被殖民的心态，多种价值观和情感意识的投射，令城市成为各种思想和人群的聚居地，彼此之间相互摩擦、融合而不至于无法并存。

关于租界在晚清小说中的道德、伦理和国族层面的复杂性，在其他章节中已有所论及，此处不赘言；在这个过程中，当然也有《新石头记》中的贾宝玉对租界的不公和清政府的荒唐进行抨击，但这却往往只是存在于想象意味较为浓重的叙事进程中。事实上确切的是，随着时代历史的更迭，不同的政权在上海展开争夺和统治，在这个过程中，对租界或认同或反对，都与政治上的博弈大有关系。

实际上，更值得探究的，并不在于租界自身的合理性与民族国家形成过程的龃龉，而是寄寓其中的都市之群体/个体（如市民、商人等）在主体发现和追逐欲望过程中的集体认同感。这种认同感的发生，与国家民族的危机、文化系统的失落之间的内在冲突，在所难免，其所指示的，更在于激进追逐中透射出来的主体困惑和历史焦虑。大体说来，19世纪末以前，小说中所彰显的焦虑是来自于内部的焦灼——惩恶扬善，而此后在抵御外侮过程中，焦虑则是来自于外部的不安，发愤图强，意欲挽回国族颓势。也就是说，晚清的小说，其中所展现出来的，既有对"上海梦"的都市欲望追逐，同时也由于国族意识的觉醒，两者往往相互激荡，在彼此的对话中你争我夺。

最主要的表现，就在于惩恶扬善、呼醒幻梦的小说作者和知识分子，与为寻求精神慰藉而纵情声色的情男欲女和以追逐私利谋求私权的奸商政客之间并行不悖，尽管在价值形态上，前者对后者存在着猛烈的否定，彼此我行我素，形成都市文化中的交响曲，在一种众声喧哗的境况中，形成小说叙事的通行形式。

除了大的层面的国族和国民的形态，还有具体的阶层共同体之间的欲望共同体如嫖客与妓女群体，在晚清小说中则是最为重要的一个面向。除此之外，在不同文化的冲击下，传统知识分子的转化以及各级官员的丑态媚态，也是尽显无遗，对于前者，一方面由于传统价值的失落与科举制的废除，前途无望人生暗淡，无法适应新的教育形式和思想状态，因而只能沉溺于声色犬马之中，寻求精神的寄托，这一点在第二章的狭邪和烟粉小说中多有呈现；另一方面则是转向新的求学和求进之路，例如留学生群体的出现、新式教育的兴起等，代表着传统士人在面对新的社会和历史转向时所作出的较为积极的面向；此外，传统知识阶层还有意识地向都市中的官员、商人、革命者以及包括诸如新戏等娱乐行业从业者的新身份的蜕变。而对于后者的官员，也作为晚清的小说重要的一环，得到较为深入而完整的呈示。此外，商人也是小说叙事中重点涉及的一个都市群体，关于商人阶层的探讨，将在本章的第四节中进行深入的探究。

然而，这里另辟一个章节出来，目的就在于探究都市社会中人在不同的阶层与群体/个人中穿梭和交往时，小说中产生的形式对应。也就是说，阶层之间的交际和流动，成为都市生活的另一种生存状态，包括官员、商人、嫖客、妓女、学生之间的交互。在此过程中，尤其要重点提及的是，在跨文化的世界性语境中，都市阶层和人群的涉外交流。这是以往的研究中涉及较少的。而这里便意欲通过如是这般的中外交流，将群体/个体的面貌、形态、思想等进行综合的考究，试图解释出在跨文化语境中都市上海的人际交往、阶层关系以及在这个过程中透露出来的新的思想样态和情感意识，进行细致深入的观察。

## 二

在《文明小史》中，饶鸿生是劳航芥从香港回上海时，在船上碰到的一位道台。书中详细记录了饶鸿生到达上海时的情形："拣定了日子，带了一个翻译，两个厨子，四五个家人，十几个打杂的，一大群人，趁了长江轮船，先到上海。到了上海，在堂子里看上了一个大姐，用五百块洋钱娶了过来，作为姨太太，把他带着上外国。"①晚清小说中，只要一触及都市上海，无论是都市中人还是外来者，都在思维模式和叙事套式中，有所呈现，对于饶鸿生亦然，其由安徽途经上海到国外，在上海时，并没有表现其他的题材，而只写了堂子、大街、银钱、姨太太等晚清的小说读者耳熟能详的内容。可以说，这是小说在对焦都市时的认知程式和书写习惯，其中当然存在着偏见和窄化的倾向，但是更为重要的是，如是这般对人物的欲望和隐私表现出极为浓重兴趣的叙事倾向，往往代表的是小说劝善惩恶的主题指向及以贬斥、批判和呼醒幻梦的言说机制，如前所述，这既体现出晚清小说的激情叙事和感时忧国之故事情结的发端，同时更是在跨文化语境中，经由比较和对照而产生的国族深刻而内在的焦灼感。

而且，在一种跨文化的人际交往中，饶鸿生可以说是延续了晚清小说中所呈现出来的官员丑态，特别是在与外国人的交往中，丑态与媚态并存。在体现表现的层面，则是通过谈话、用餐、衣着、住宿、娱乐方面，从日常饮食起居到思想情感，都呈现出奴颜婢膝的洋奴意识，而其厚此薄彼、崇洋媚外的心理，更是透露出了晚清之际国人的复杂心态：一方面是帝国没落受人侵凌，另一方面也羡慕追逐西方之朝气与强盛。并因而经常以进退失据的心态呈现于小说叙事之中。而

---

① 李伯元：《文明小史》第四十九回，见《中国近代小说大系》，南昌：江西人民出版社 1988 年。

叙事者也生怕错漏其任何可以展示其丑态的细节，似乎不如此不足以全方位深入透彻地对其加以嘲弄讽刺。因而，不仅叙事所对焦的人物自身发生了心态和思想的失衡，叙事者和写作者之失衡与焦灼更为显而易见，且通过人物设置、情节结构和言说旨归，甚至是文本中微不足道的细节，都能体现出来。

曾朴的《孽海花》中所展示的新女性赛金花，虽然出身娼门，但是经过一次次的跨文化之旅，渐渐从传统的桎梏中解放出来，"女性"意识从模糊和压抑的土壤中得以生长，并通过欲望的追逐与跨文化眼界的扩展而得以固化。也就是说，《孽海花》中的赛金花，是晚清小说中难得一见的在撕扯中完成性别成长的女性。

可以说，女性意识的成长以及女性地位的变动，在明末清初之际，就已经显出端倪，这里以当时世情小说《醒世姻缘传》为例，说明女性地位在家庭和社会中的变化。小说的"引起"中提到孟子的人生三大乐事，一是第一乐是"父母俱存，兄弟无故"；二是"仰不愧于天，俯不怍于人"；三是"得天下英才而教育之"。这已是众所周知的。然而，在小说的写作因由中，作者另辟一路，提出人生应有的第四乐，那就是有一个贤良淑德的妻房。"居于那三乐之前，方可成就那三乐的事。若不添此一乐，总然父母俱存，搅乱的那父母生不如死；总然兄弟目下无故，将来毕竟成了仇雠；也做不得那仰不愧天俯不怍人的品格，也教育不得那天下的英才。看官听说：你道再添那一件？第一要紧再添一个贤德妻房，可才成就那三件乐事。"① 这就很有意思了，女性从历来居于家庭生活的附庸地位，到逐渐显示出己身的重要性，可以说意味着一种新的生活伦理旨归的出现。不仅如此，小说还引入了因果循环，通过前世今生的维度，显示出女性作为人伦的必要一环，是不容践踏且必须尊重的。

---

① 西周生：《醒世姻缘传》，见《〈姻缘传〉引起》，北京：人民中国出版社1993年，第1页。

因而，值得探究的便是，古来"夫为妻纲"的训诫，缘何到了明清之际，发生了如此大的变化，甚至在晚清的都市上海，妇女可以阻君臣、离父子、间兄弟、毁自修？在《九尾龟》第六十五回中，写到王太史做倌人金寓，鞠躬尽瘁不遗余力，叙述者评述到，太史这般"若用在父母家庭之中，便是那孝感动天的孝子；用在君臣纲纪之间，便是那精忠贯日的忠臣"。从叙述者的困惑和疑窦可知，女性成为欲望追索的客体的同时，自身所具有的独立性和重要性也与日俱增。如果置于晚清的跨文化语境之中，那么男女平等、女权苏醒的意识开始发端，在西方自由、民主、平等、人权等思潮的影响下，弃裹胸、立天足、争女权，在晚清的上海，每天都在上演；而且，在都市的物质主义笼罩下，男性与女性逐渐开始进入等质化的轨道，女性从中获取了独立地位，并且能够支配自己的身体、欲望甚至是男性。

当然，事情并没有想象中那么简单，需要指出的是，对于晚清小说中的上海叙事而言，女性固然已经从家庭的桎梏之中，通过职业、身份上的转化进入自我和主体的现代性轨道，但是也必定要为并不成熟的自由付出代价，那就是欲望和情感的陷溺，在《海上花列传》的结尾，赵二宝被受人虐打被人遗弃的噩梦惊醒，那并不是一种从人物和文本内部生发的惊醒和觉醒，而是繁华梦中的叙述者立于现实与历史之外的警醒。也就是说，这样的噩梦和幻梦，还将在晚清的都市上海以及都市女性的生活中循环往复，夜夜幻生。

在这样的情况下，回到小说《孽海花》，当堂子中的妓女褚爱林，摇身一变成为公使夫人傅彩云，并因其惊艳的美貌在圣彼得堡、柏林等地集万千宠爱于一身时，她开始在虚荣和欲望中迷失了自己，尤其在与金雯青、夏丽雅、瓦德西将军等人的交往中，可以说，这样的女性是复杂的丰富的，叙事者赋予其身上的使命过大，而且叙事者对傅彩云的态度也是暧昧不明的，或者她身上的善与恶已经超越了叙事者原先设定的二元对立的范畴。但是如果回到都市甚至是跨文化的语境中,女性的地位及其身份开始发生挪移和更迭,在都市社会的阶层 / 圈层中,她们扮演的角色逐渐转向多元化,从堂子中的妓女到姨太太,从大家闺秀到官员家室,再从革命者到国际上叱咤风云的交际花,可以说,从《孽海花》所赋予的褚爱林 / 傅彩云身上,展现出来晚清女性意识的多重面向,尤其是女性在不同的社会阶层、身份、角色意识的复杂纠葛。因而,对都市上海社会的各个阶层的生活和交往状况进行考究,指出人物生活情态和身份意识的纠结之处;尤其是在跨文化语境中,中外各色人等之间的交往如何在特定的社会规制中形成、运转乃至突破,所反射出来的,是小说叙事的范围和深度对都市各人群层级的揭示,其中体现的还有利益和欲望中作者与读者的共谋。

三

无论是对都市场域还是社会阶层的区隔和对焦,可以说,指出小说叙事背后隐匿着怎样的伦理要求和内在精神意旨,在铺衍言说和形式建构中均投射出晚清都市上海怎样的文化意涵,这是问题的关键。在《海上花列传》中,尽管重点是以上海的堂子为中心,聚焦的是城市中的娱乐场域与人情交互,然而也有两个地方却涉及租界的公共生活以及政治法律状态。一个是起火,另一个是捉赌:

(一)

不多时,只听得一路车轮碾动,气管中"呜呜"作放气声,乃是水龙打灭了火回去的。……小云见东首火场上原是烟腾腾地,只变作蛋白色,信步走去望望。无如地下被水龙浇得湿漉漉的,与那砖头瓦片,七高八低,只好在棋盘街口站住,觉有一股热气随风吹来,带着些灰尘气,着实难闻。小云忙回步而西,却见来安跟王莲生轿子已去有一箭多远,马路上寂然无声。这夜既望之月,原是的(白樂）圆的，逼得电气灯分外精神，如置身水晶宫中。①

（二）

两个人正待交手，只听得巧囡在当中间内极声喊道："快点呀，有个人来浪呀！"合台面的人都吃了一惊，只道是失火，争先出房去看。巧囡只望窗外乱指，道："哪！哪！"众人看时，并不是火，原来是一个外国巡捕，直挺挺的立在对过楼房脊梁上，浑身元色号衣，手执一把钢刀，映着电气灯光，闪烁耀眼。

洪善卿十猜八九，忙安慰众人道："勿要紧个，勿要紧个。"陈小云要喊管家长福问个端的，却为门前七张八嘴，嘈嘈聒耳，喊了半天喊不着。张寿倒趁此机会飞跑上楼，禀说："是前弄尤如意搭捉赌，勿要紧个。"

众人始放下心。忽又见对过楼上开出两扇玻璃窗，有一个人钻出来，爬到阳台上，要跨过间壁披屋逃走。不料后面一个巡捕飞身一跳，追过阳台，轮起手中短棍乘势击下，正中那人脚踝。那人站不稳，倒栽葱一交，从墙头跌出外面，连两张瓦"豁琅琅"卸落到地。周双玉慌张出房，悄地告诉用双珠道："弄堂里跌杀个人来浪！"众人皆为嗟讶。②

短短的一两个场景，而且是突发事件，这里便出现了妓女、嫖客、巡捕、消防员、管家、赌徒等角色。值得注意的是，这在客观上取得的效果，是小说在呈现租界的公共事务时，不至于专门将叙述视角转移出去，而是将笔端对焦在若干人物角色身上，通过一个事件，将围绕其中若干阶层／个体描绘出来，从而使得叙事更加集中紧凑。这种以事件和人物牵引出都市情状的叙事方法，似乎也在暗示着，在跨文化的文化交流及其在世界性与跨文化视角交杂的叙事视野中，对

---

① 韩邦庆：《海上花列传》第十一回，见《中国近代小说大系》，南昌：江西人民出版社1988年。
② 韩邦庆：《海上花列传》第二十八回，见《中国近代小说大系》，南昌：江西人民出版社1988年。

本在文化场域的聚焦，与对外在的因素的牵涉，两者是不可分割的，如何对其进行适当的叙述和呈现，不仅是小说本文需要面对的问题，而且是在跨文化交流与世界性的互文过程中，如何处理内部与外部、传统与现代以及中外、东西各方之先与后、优与劣、融合与排斥的关键所在。事实上，从《海上花列传》的叙述可以得见，愈是集中于内部与己身的聚焦，就愈能在不同文化的汇合之处，获取更有价值的叙事能效；专注于内在文化自身的蕴蓄，方可在与外在文化的接触、碰撞、排斥以至融汇中，创造出更为显豁的生机。

《海上花列传》的"写实"风格，实际上释放了千百年来对倡人群体的书写规制，且不说对这一特殊的群体作出任何的历史化解读，韩邦庆的写法其实是晚清小说在直接触及社会问题时所作出的平民化与生活化的探索，小说也自此开始能够发出从容而平稳的声音，既不专事于"传奇"，也不依附于政治，更不执念于戾气与怨怒，从而在海派文学的生长期即开出了重要的一脉。与此同时，这也昭示了韩邦庆的"人间情怀"：开启了后来海派文学专注于生活与俗世的书写倾向。在韩邦庆之前，小说家从来写妓女倡人，要么是唐传奇中妓女汲汲以求从良之路，骚动不安悲喜交加不得安宁；要么则是"三言二拍"中倡人生活与遭际的大起大落。而《海上花列传》则创造出了一种"异常安稳的人间"，直接启示了张爱玲的"现世安稳"，其中寓于人生与情爱的悲悯情怀，已然成为晚清以来的小说所对焦的市民生活和城市阶层人群交际的文化/跨文化蕴涵之所在。

需要指出的是，社会阶层和人群的状态并不是一成不变的，涉及阶层间的流动与身份的变更所在颇多。这一点从妓女间的等级与认同可以见出一段，而寓于其中的价值标准和高下判断，更是暗示着都市社会阶层的分化与流动。如《海上名妓四大金刚奇书》中，李文仙改名小王月仙重操娟妓旧业，然而，当她反思和重审自己的"野鸡"地位时，不免自惭形秽起来，并意欲摆脱此一地位，争取身份、物质和格调上的改变。不仅如此，在与车马盈门生意兴隆的四大金刚之一林黛玉的比较中，作为江北人的小王月仙还清楚地意识到，在上海做倌人，如果能以苏白吸引嫖客，那么身价和层次会更上一层级，最后，小王月仙通过骈戏子的契机，学会了苏州话，立即就有娘姨大姐前来要抬她上长三书寓（高等妓院）"。上海作为一个新兴都市的吸引力和魅力，与生存其间的人口、语言诸问题之间，同样存在着千丝万缕的关联，而且在人际交往与物质资料的获取过程中，同样必须考虑身份语言和阶级形态的影响力。不仅如此，小说的人物塑造与叙事过程对阶层的观照和认同，也不是单向度的，如《九尾龟》中，主人公章秋谷的性别立场就比较模糊复杂。可以说，章秋谷的男权意识与对倌人的溢美和袒护是并存的。尽管章秋谷对妓女不甚待见，但在倌人陆兰芬逝世之时，章秋谷对她还是流露出了无尽的怜惜与哀婉。因而，从章对倌人对妓院的情感态度，可以见出小说叙事的复杂性与人物情感的暧昧不明，而这也恰恰昭示了都市生态的错综复杂，而小说则只是寄寓其间，在特定的文本时间/空间中摆置特定的叙事视角，映射出都市社会阶层与人群的文化镜像。

## 第二节　跨文化语境中的都市群像：
## 革命党、留学生及都市买办的小说形象

一

　　1907 年吴趼人的小说《上海游骖录》写到在乡下因被诬为革命党的辜望延，侥幸逃脱之后，来到上海避难，因为"上海租界上革命党最多"，而一心想要寻访之。然而最终却踏破铁鞋无觅处，于是东渡日本，寻找真正的革命者，"那几个谈革命的行为，倘与他们同了一党，未免玷污了自己。左想也不是，右想也不是，且待到了日本，看看那边的中国人的人格再定主意。""革命"一词可以说是近代中国最为重要的关键词，晚清的中国革命，一般而言经历了从藏躲隐匿到光明正大再到最后的大功告成的循环往复之中。那么对于都市上海而言，革命以及革命党人，是如何与其发生关联的，在小说叙事中又以什么样的面貌呈现出来，当中体现出了怎样的社会伦理和人心旨向，怎样彰显出了小说叙事者的聚焦视野及其在形象构成上所形成的形式自觉。这是问题的关键所在。

　　《海上游骖录》是一部以革命党为隐性线索的小说，主人公辜望延是一位寒酸秀才，却由于在官府对革命党的追捕中无辜受累，因而亡命上海等地，最终出走东洋。小说则出于人物的运命和世态的浑噩

而怨声以载："凡抱厌世主义的人，都是极热心的人。他嘴里说的是厌世话，一举一动行的是厌世派，须知他那一副热泪，没有地方去洒，都阁落落、阁落落，流到自家肚子里去呢！我愿看我这部小说诸君，勿作厌世话看，只作一把热眼泪看。"[①] 小说写出了革命党的处境和命运及其所波及到的普通人民的日常生活，可以说这一群体经常是处于隐匿状态的不合法地位，受到通缉和追捕。而围绕着他们的命运，演绎了一出出悲喜剧。最为关键的是，以革命党为中心，牵一发而动全身，牵引出了社会政治、政权更迭及思想震荡，甚至包含着海外的经验而形成了某种跨文化的特质，后者从辜望延最终觅革命党人不得而东渡日本可以见出，对辜望延而言，革命及革命党由祸端而转为神秘而终至立志追随的神圣感，革命的思想也在一个青黄不接的年代不断流播。可以说，在晚清的小说中，革命党是一个引子，也是一个媒介，牵涉到社会各层面的精神心态和思想特征，尤其是对待革命的态度，更是昭示了传统（守旧）与现代（变革）的区隔。

然而，综观晚清的小说，革命党人的命运总是令人堪忧的，原因当然是由于当时革命的不受待见，保守派占据主导地位。但是如果对这段历史作出深入考察，可以得知，起码在辛亥前后，革命在历史的想象中，是以一种较为正面和乐观的形态呈现出来的。但是在小说中，一谈到革命党人，则往往以悲剧收场或处于尴尬的处境。《海上游骖录》的开头即说到捉革命党人，而即便是在民初的小说《歇浦潮》中，对革命党的抓捕依然成为小说叙事的焦点，甚至在整个城市包括租界与华界，以下任务和完成指标的方式，对搜捕革命党人明码标价，通过深文周纳罗列其罪状并将其消灭之。"天天看报上含含糊糊，登着某日枪毙谋乱党人若干名，某日又毙若干名，军机秘密，既无姓名，又无罪状，究不知光裕是否在数。但以情势而论，一定凶

---

① 吴趼人：《海上游骖录》，《中国近代小说大系》，南昌：江西人民出版社 1988 年，第 487 页。

多吉少。"①事实上，小说正是以革命党的遭遇，拎出一个线头，从战局和世道之"乱"，揭示出人群的冷漠与时代的荒谬。更为重要的是，革命党及其遭际形成了一个他者和镜像，映射出进化论视野下的保守和颓唐，也成了中国革命和现代性的复杂面向。

然而，这是问题的一个方面，从另一层面而言，在晚清的小说中，革命党人的形象是立体的复杂的，其并不是以单一的维度展现在读者面前。尤其在破除"革命"的神圣性之后，便更有必要对晚清小说中出现的革命及革命党进行重新的估定。《歇浦潮》第四十七回仪芙说出了革命党人的本质："你还不知我们底细，党人共有数十万，岂能人人同志，同志二字，不过名目好听而已。其实真正热心国事的，十人中难得一二，其余都是热衷权利，借党会自壮声势，现在闹得这样一败涂地，尽由此辈惹的祸。恨我没一柄长刀，将这班争权夺利之辈，斩杀净尽。如今我不能杀，借政府杀之，未尝不是一桩快事。讲到拿政府几个赏银，也是分所应得。因政府银子，都由搜刮民脂民膏而来，还之吾民，终比一班贪得无厌的官僚填入腰包好些，你道是不是？"②小说通过对革命党人的悬赏与诱捕，不仅对革命主体的良莠不齐甚至是真假难辨作出论断，而且也体现出了革命在都市社会中的尴尬处境；而围绕其间的，则是对利益的追逐，整个过程所透露出的复杂性和立体面，更是通过包、宋、钟三个革命党丑态百出的陋行，将人心与人性的搅动包蕴其间。从而展现出都市上海尤其是租界社会的诸种生态。

二

顺承之前的话题。租界对于革命党而言，无疑是作为重要的避风港和活动场地存在的，正如《海上游骖录》辜望延说："上海租界上，

①② 朱瘦菊:《歇浦潮》第四十七回，上海：上海古籍出版社 1991 年。

革命党最多。"①租界作为殖民地的产物，其不仅是革命的对象，同时也是革命者和革命得以保存的重要场域。可以说，在历史文本与小说文本的对照中，租界对于中国革命而言，所具有的暧昧性与复杂性由此可见一斑。更值得注意的是，租界不仅是人们躲避革命（如义和团、小刀会的革命等）的重要庇护所，同时也是孕育革命和保护革命的重要场地；不仅如此，租界还滋生了真假难辨、弄虚作假、坑蒙拐骗的革命和革命党。这里触及的固然是广义的中国革命，也就是在晚清的上海乃至整个中国，相对于传统势力而言的革新、变革和革命。蘧园在《负曝闲谈》中就谈到：

> 原来，那时候上海地方，几几乎做了维新党的巢穴。有本钱有本事的办报，没本钱没本事的译书，没本钱没本事的全靠带着维新党的幌子，到处煽骗。弄着几文的，便高车驷马阔得发昏，弄不了几文的，便筚路蓝缕，穷的淌屎。

> 他们自己跟自己起了一个名目，叫做"运动员"。有人说过：一个上海，一个北京，是两座大炉，无论什么人进去了，都得化成一堆。

> 却说上海那些维新党，看看外国一日强似一日，中国一日弱似一日，不由他不脑气掣动，血脉张，拼着下些工夫，要在天演物竞的界上，立个基础。又为着中国政府事事压制，动不动便说他们是乱党，是莠民。请教列位，这些在新空气里涵养过来的人，如何肯受这般恶气？有的著书立说，指斥政府，唾骂官场。又靠着上海租界外人保护之权，无论什么人，奈何他们不得，因此，他们的胆量渐渐的大了，气焰渐渐的高了。又在一个花园里，设了一个演说坛，每逢礼拜，总要到那演说坛里去演说。②

---

① 吴趼人：《海上游骖录》，见《中国近代小说大系》，南昌：江西人民出版社1988年，第495页。
② 蘧园：《负曝闲谈》第12回至19回，吉林：吉林文史出版社1987年。

可以说，革命成为晚清以来甚至整个中国现当代历史的一个长时段的关键词。晚清小说围绕着革命的讨论和实践，所在颇多。在《九尾龟》中，作者借章秋谷之口道出："你道现在上海的新党、日本的留学生，一个个都是有志之士么？这是认得大错了！他们那班人开口'奴隶'、闭口'革命'，实在他的本意是求为奴隶而不可得，又没有夤缘钻刺的本钱，所有就把这一班奴隶当作不共戴天的仇人一般。今日骂，明日骂，指望要骂得他回心转意，去招致他们新党入幕当差，慢慢的得起法来，借此好脱去这一层穷骨……无奈这班新党中人，却又是一得到优差优馆，便把从前'革命''自由'的宗旨、强种流血的心肠，一齐丢入东洋大海。一个个仍旧改成奴隶性质，天天去奴颜婢膝起来。"[①]很明显，在这里革命成为了钻营的手段，围绕着革命、革命者和革命的利益与权力角逐之间，形成了一个场域，愤怒和破坏及其背后所昭示的变革和革新，逐渐演变为一种深在的意识形态，甚至成为群体和个体谋权谋利的重要资本。吴趼人在《发财秘诀》中，同样谈及上海买办与中国革命的关系，当革命与商业合谋之时，其在都市上海所呈示的面向则更为复杂。可以说，在晚清这样一个变革和转型的年代，对革命以及革命者的聚焦，有利于呈现当是时上海社会的重要群体，并且以此为契机，以点带面，展现都市上海的状貌，与此同时还通过革命党的命运揭示时人对革命的复杂态度，同时也呈现出十九、二十世纪之交中国革命的曲折路径。

三

而纵观近现代小说叙事中对留学生的态度，可以见出以下几个重要的面向：其一是张春帆的《九尾龟》中对留学生的审视，尤其通过章秋谷在妓馆和茶楼中与留学生的对峙中，可以说，叙事者所要呈

---

① 张春帆：《九尾龟》第七回，见《中国近代小说大系》，南昌：江西人民出版社 1988 年。

现的，是留学生群体的荒淫和怯弱，以此施行批判之能事。而在平江不肖生的《留东外史》中，以留日学生为人物主体，在他们的放荡不羁与荒淫无耻中，却又夹杂着对日本及日本妇女的复杂感情，在男女情感与国族意识的两相渗透中，叙事者实际上是回避了留学生的怯弱、卑微和荒唐，在小说中更多透露出来的，是对留学生与日本形象的双重扭曲。如果将视角移至新文学中的郁达夫的《沉沦》，可以看出，自叙传中的抒情主体，实际上在面对留学生以及日本学生时，是在敞开自己的怯弱，其背后隐匿着一种浓烈的心理分析和精神批判意味。值得注意的是，这里其实并无意于勾勒一条进化的索链。而是指出各自的历史境况与生成形态，以及寓于其间的微妙变化和关联互文。

回到晚清的小说。在海天独啸子的《女娲石》中，通过人物之间的对话，提到了留学生群体：

> 公使夫人叹道：“唉！贵国生死存亡，全靠你们留学生了。贵国官场是不中用的。我们旁观人，好生气煞。”瑶瑟道，“好说，好说。我国留学生虽多，却都没点实力，那像贵国维新时节，那般志士的赴汤蹈火气概；二来我国政府，拿着一般学生当着乱臣贼子，杀杀斩斩，好不狠毒。唉！夫人，敝国与贵国是个兄弟邻邦，两下唇齿相依，都是有关系的。所以我敢倾心吐胆，对夫人说，据今日时势看来，欧力东渐，黄种势力，日日弱小。咳！这个机关，止算东亚全局的兴亡了。”①

在这里，公使夫人指出了留学生理应在国家历史中承担的重任，将希望寄托在了具有跨文化活动背景和知识涵养的留学生群体而非中国官员身上。但瑶瑟却指出了留学生的百无一用，其不仅经营不好自身，更是受到了国内顽固势力的压迫，因而只能慨叹国族式微。

---

① 海天独啸子：《女娲石》第二回，见《中国近代小说大系》，南昌：江西人民出版社 1988 年。

而在《市声》的第十四回中，讲到留学生刘浩三，生活拮据，眼高手低，最终不得不依赖政府，仰仗权势方能存活。也就是说，留学生在变革甚或仅仅是生存的过程中，无法形成己身之独立性，只能依附于权贵苟存于世。而至于《留东外史》、《文明小史》等小说中所提及的留学生，更是以好色猥琐、丑陋不堪、蝇营狗苟著称，可以说，这是晚清小说的叙事者所极力抨击的一类留学生形象。

关于都市上海的商业买办，在晚清的小说中，同样体现出了极为丰富的意涵。《恨海孤舟记》中写到了一个洪大煤矿公司的总经理叫朱国安，以佯装资助革命的方式，引反袁之革命者郑髦公入瓮，并将其杀害：

> 髦公又问如今这假货的事，已经协商妥当了没有呢？国安赔笑道："早已妥当了，草约也订好了，请我公过目之后，一签了字，这事便十分光了。"髦公笑道："这也好极了。草约有带来没有呢？"国安笑道："所为何事，哪有不带来的道理。先生别忙，在我里衣袋里呢。让我取出来。"一壁说，一壁只向怀里摸，猛的只见他把那只手一扬，只见他摸出来的，却是一支玲珑雪亮的勃朗宁手枪，说时迟，那时快，国安手擎手枪，对准髦公便放。啪的一声，髦公太阳穴里早着，扑地便倒。那其余的几个，顿时各出手枪，向四面拟着。国安还恐髦公未绝，对准头部，又放了两枪，方才一声暗号，冲先便走。余人跟着，一溜烟出了大门，跳上汽车，一阵黑烟，早已去的无影无踪。①

在这里，叙事者以一种虚构与想象，聚焦历史的细部，构设其晚清都市上海的社会状貌和历史图景。并且通过细部的刻描，将都市买办的心狠手辣与革命人士的危险尴尬处境呈示出来。

---

① 姚鹓鶵：《恨海孤舟记》第二十回，沈阳：春风文艺出版社 1997 年，第 181–182 页。

　　而在《文明小史》中，讲到一个农民出身的花清抱，因偶然之间，机缘巧合地当上了洋人的买办的过程。随后，以买办发家的花清抱，在年迈之际，一方面是捐官补取功名，另一方面则是思想着开办新学堂。可以说，作为生意人的买办花清抱，自己虽未曾读过书，然临死之前，不忘家国，最终办新学成了其遗愿。可以说，在花清抱身上所呈现出来的是不同于一般情形的都市买办形象，之所以在这一章节要将革命党人、留学生和都市买办等作为一谈，是因为在晚清上海的跨文化语境中，此三种类型的人物形象较为活跃，在小说叙事中也是着墨较多并且具有清晰形象的人物主体；同时这三者也较为切合时代和历史的进程，其在该时段的小说中，作为三类较为重要的形象，其呈现出来的丰富性和复杂性所在颇多。

　　无论是以上所谈及的革命党、留学生还是都市买办，他们的出现及其活动和思想，都与晚清的中国／上海的现代化进程有着密切的关联。对革命党、留学生以及都市买办等社会群体的聚焦，有助于呈现出晚清小说对晚近社会状况、政治经济运程及市民生活的贴切描写与翔实反映。通过以这三者为代表的都市群像，还原到晚清都市上海的历史现场，回归当时社会震荡格局进行深入的辩证，感受中国历史转型之涡流的刺激，体认时人的社会交往、精神困境与生活原态。在呈现中国传统道德伦理于近代历史中变更、再现的历程中，通过世情小说的书写，揭示近代中国革命与都市上海的市民精神意识衍变过程中的经验和价值，对城市转型之中的跨文化形态进行审视、反思与再参考。

## 第三节 新戏与新学：
## 娱乐文化、都市生态与新式教育的现代性映射

### 一

《文明小史》中，贾家三兄弟到了上海之后，首先接触的，便是在茶馆中看到的上海新闻纸，他们在《新闻报》中，看到了上海当天演出的新戏《铁公鸡》。对于这出新戏，贾氏兄弟最先是在从上海回来的表叔谈及"天仙戏园唱的《铁公鸡》如何好，如何好"时获知的，通过他者的间接方式得以获取该信息，而当他们在上海得知该戏即将演出时，便迫不及待地计划着饭后前去观赏。而同行的姚老夫子则说道："原来如此，世界上最能开通民智的事，唱戏本在其内，外洋各国，所以并不把唱戏的当作下等人看待，只可惜我们中国的人，一唱了戏，就有了戏子的习气。这出《铁公鸡》，听说所编的都是长毛时候的事情，看过一遍，也可以晓得晓得当日的情形。但我听说此戏并不止一本，总要唱上十几天才会唱完。"贾子猷道："如今难得凑巧，我们到这里，刚刚他们就唱这个戏。总之，有一天看一天，有一本看一本，等到看完了才走。"① 在这里，作者通过姚老夫子的

---

① 李伯元《文明小史》第十六回，见《中国近代小说大系》，南昌：江西人民出版社 1988 年。

口，阐述了当是时新戏的社会教化作用，而在上海所开展的新戏演出，除了涵纳着道德伦理层面上的功能作用之外，其最为主要的作用却是娱乐。

有一点特别值得注意的是，晚清小说的上海叙事中，一般涉及到新式戏剧时，叙事的焦点都不在戏本身，而在于戏外之人，将新戏与当是时的风气紧密勾连在一起，尤其是倌人妓女或者贵妇人骈戏子，更是成了小说中的重要程式。如《九尾龟》中，章秋谷为了摆脱陆畹香的纠缠，便串通戏子赛飞珠，合演了一出戏子假吊膀子，嫖客摆脱倌人的戏份。而章秋谷之所以选择"滑头阿四"的戏子赛飞珠作为诱饵和工具，也是因为"晓得赛飞珠吊膀子的工夫甚好"，而且"其身段甚好，相貌也在中上之间"，最终，"戏子们吊膀子的工夫果然厉害，别有心传，不多几天，三言二语的，那陆畹香那里晓得是章秋谷叫来做弄他的，容容易易竟是被他吊上了。"[1]然而，令人意想不到的是，当章秋谷利用赛飞珠达到目的之后，却又反过来在陆畹香面前抨击戏子的不是，并且叙事者还通过章秋谷之口，对倌人姘戏子进行了一番训诫："你想，那戏子同倌人轧了姘头，不肯花钱，专要想倌人的倒贴。倌人们辛辛苦苦在客人身上敲了竹杠出来，去供那戏子的挥霍，好像不是戏子姘着倌人，倒是倌人嫖着戏子一般。到了倌人银钱用尽、供应不来的时候，他就立时立刻翻转面孔，和你断了交情。轧姘头轧到这个样儿，可还有什么趣味？从来妓女无情，优伶无义，你们做倌人的在客人身上虽然没有良心，独到和戏子轧了姘头，却是真心相待，偏偏遇着那班戏子，平时看待别人也还不到得这般刻毒，一到姘着了一个倌人，就出奇的天良尽丧起来。"[2]可见，在晚清的上海叙事中，戏班以及围绕其间的戏子，并不受写作者所待见。因而也由此形成了叙事类型之一种，从中所投射出来的社会生态，更是揭示

---

①②张春帆：《九尾龟》第三十三回，见《中国近代小说大系》，南昌：江西人民出版社1988年。

出了一部部别致的情感史与生活史。在叙事者将矛头指向万恶的倌人时，螳螂捕蝉黄雀在后，戏子的出现却又往往既成为倌人欲望投射的客体，同时又令倌人的生活陷入僵局，可谓一物降一物。无论是《海上花列传》还是《九尾龟》，又或者是《歇浦潮》等，晚清的小说，通过嫖客与妓女、妓女与戏子之间的相互争逐，将这一社会人文风情的生态链条展现了出来。

二

《文明小史》的楔子中写道："你看这几年，新政新学，早已闹得沸反盈天，也有办得好的，也有办不好的，也有学得成的，也有学不成的。现在无论他好不好，到底先有人肯办，无论他成不成，到底先有人肯学。"对于所谓的"新政新学"，李伯元表面上看是持保留和中立的态度，似乎他作为写作者的任务只是"秉笔直书"，将其中的曲折和形态呈现出来而已。"所以这一干人，且不管他是成是败，是废是兴，是公是私，是真是假，将来总要算是文明世界上一个功臣。所以在下特特做这一部书，将他们表扬一番，庶不负他们这一片苦心孤诣也。"随后作者还援笔成诗，"谤书自昔轻司马，直笔于今笑董狐；腐朽神奇随变化，聊将此语祝前途。"[1]需要指出的是，综观他的《文明小史》，其对新政新学的批判实际上是颇不留情面的。当然，这里并不是要对新式教育的褒贬得失作出历史性的价值判断，重要的是探究小说所形成的情感体验与心理因素，叙事模式以及这种叙事形态背后的要素和因由。

在李伯元写的《中国现在记》的第一回中，讲到一位顽固的老学究朱紫桂朱侍郎在科举前后的心理与精神状态。朱侍郎当时正在阅读一本京报，"不料打开来，头一条就是湖北总督请旨奖励出洋学生

---

① 李伯元：《文明小史》，引文见《楔子》，《中国近代小说大系》，南昌：江西人民出版社1988 年。

的夹片。他老人家不看则已，看了之时，不禁切齿大骂道：'已经一个个做了反叛，还禁得起再去奖励他！这不是养痈贻患吗？'随又往下看去，谁知第二个就是礼部议覆核减乡会试中额的褶子。朱侍郎看了连连跺脚道：'糟了糟了，这一下子慢慢地把老根都掘掉了。我初不料学生之害一至于此。到了这个地步，再不设法补救，真正是素餐尸位了。'"① 对守旧派的朱侍郎而言，他所要面对的，一方面是留洋学生和新式教育的崛起，另一方面是传统私塾和科举制度的式微，在这里，受到内外挤压时，所表现出来的恼羞成怒无所适从，可谓在他的身上表现得淋漓尽致。

在这里，不得不提及的一点，是传教士与新式教育的关系。关于这个论域，早已有学者做出过较为深入的研究，这里并不是要重复那些既定的结论，而是结合晚清小说中的形象和情态，指出教士在新学传播和实践中的曲折历程和文化样态。《文明小史》的第八回，描述了一位基督教士的生存状态、传教经历和办学过程，在这个极为迂回曲折的过程中，可以说，基督教作为新学的重要传播者，其固然是以基督教为中心进行活动，然而，其间却充满了对诸种文化的有意无意地误读，如文中对佛教的歪曲，就深刻地证明了这一点："这个佛教，是万万信不得的。你但看《康熙字典》上这个佛字的小注，是从人从弗，就是骂那些念佛的人，都弗是人。还有僧字的小注，是从人从曾，说他们曾经也做过人，而今剃光了头，进了空门，便不成其为人了。刘先生！这《康熙字典》一部书，是你们贵国康熙皇上做的，圣人的话，是一点不错的。我们一心只有天父，无论到什么危难的时候，只要闭着眼睛，一心对着天父，祷告天父，那天父没有不来救你的。所以，你们中国大皇帝，晓得我们做教士的，都是好人，并没有歹人在内。所以，才许我们到中国来传教。刘先生！你想想！我这话

---

① 李伯元：《中国现在记》第一回，见《中国近代小说大系》，南昌：江西人民出版社1988年。

可错不错？"①由此可见，事实上，在跨文化的教育交流和新学传播过程中，彼此间的误读现象显然在所难免，然而，透过教士的姿态，可以得知，文化间的对话，与其说是相互的融汇，不如说是彼此之间的比较与竞争，甚至于不惜通过误读与扭曲的方式进行新学说与新理论的输入。

从这一层面而言，是作为文化的异装癖：传教士与跨文化语境下的新学传播问题，首先必须实现在地化的文化改装，这就涉及对本在文化的改弦更张。可以说，基督教文化在中国的传播，在晚清的小说中，所体现出来的是从传播与接受之间的单向性中脱离出来，并开始作为一种文化伪装而存在；然而，传教士的伪装却又是掺杂了西方的人性意识与文化观念于其中的，其目的固然是为了宗教文化和意识形态播撒，但其中的国族与异族、文化与异文化、野蛮与文明、宗教与世俗之间的纠葛，所在颇多。因而，自我与他者的缠绕，在晚清中国传教士的早期传教中，体现得尤为明显。可以说，在这个过程中，新式教育、教会学校以及掺杂其中的新学说新理论，都与传教士及其背后所试图散播的宗教仪式和西方文化有着密切的关系。

然而，同样是表现新式教育，在带有乌托邦性质的科幻小说《新石头记》中，却出现了异于晚清小说表现新式教育主题的情况。小说的第三十二回，较为少见地对新式学堂进行了一次正面的描写：

> 宝玉道："不知贵学堂有几位教员？"述起道："分教共是五百员，教只有绳武一位。"宝玉道："贵学堂学生有五万人之多，不知如何教法？以五百教习教五万学生，本不算多，但是怎么调排得开呢？"述起道："那天阁下去听绳武讲学的，是总讲堂。另外还有五十处分讲堂，每堂可容一千学生听讲。"说罢，便带宝玉去看了两处之后，绕出操场，只见一班学生，约有一千多人，在那里练习体

①李伯元：《文明小史》第八回，见《中国近代小说大系》，南昌：江西人民出版社1988年。

操。宝玉道："怎么这班学生不放假呢？"述起道："这是放了假不愿出去，在这里自修的。"那学生见总办带了客来，都鞠躬为礼，述起也还礼，老少年和宝玉也鞠躬相还。①

所谓的"正面"，一方面既是在叙述过程中，对新式教育进行集中的描写，对其中的机构设置、人员构成以及课程状况加以详细的阐述；与此同时，"正面"还意味着对新式教育——在《新石头记》中为"水师学堂"——进行积极的不带嘲弄和批判意味的映射，从而在乌托邦的虚构界域中，实现对新式教育的想象和建构。同样具有乌托邦性质的，还有《市声》中所提及的工艺学堂。这样的学堂在晚清的小说中，可以说是独树一帜的。

然而，如《新石头记》、《市声》等小说中对学堂的正面描述，在晚清的小说中可以说是少之又少。新学堂、新学说在开端之初的乱象，由此也可见一斑。梁启超在提及新式学堂时，曾说道："学识之开通，运动之预备，皆其余事，而惟道德为之师。"②然而，这样的机构和场域，却又在生成和发展过程中，腐朽重生，以至于对学堂和新教育推崇有加的梁启超，不得不对学堂和教育的现状作出批判和反思："不事德育，不讲爱国，故堂中生徒，但染欧西下等人之恶风，不复知有本国。贤者则为洋佣以求衣食，不肖者且为汉奸以倾国基。"③可见，晚清小说中所呈现出来的教育形象，在跨文化语境中往往进退失据，治学修身与爱国图存的夹缝中，而这也是现代性映射之教育境况，在小说倾向于"溢恶"并以揭露和批判为旨归的叙事伦理中，其重要性与其荒诞性恰恰相互对照，形成落差与张力。

可以说，对新戏而言，其既是从传统中国衍变而来的雅俗共赏

---

① 吴趼人：《新石头记》第三十二回，见《中国近代小说大系》，南昌：江西人民出版社 1988 年。

② 梁启超：《新民说》第十八节《论私德》，具体见《梁启超选集》，上海：上海人民出版社 1984 年，第 264 页。

③ 梁启超：《戊戌政变记》，见《梁启超选集》，上海：上海人民出版社 1984 年，第 83 页。

的活动，同时也是跨文化语境中都市上海的重要娱乐项目。新戏既能映照出城市市民生活之一隅，同时也对人物个体关系之构成、发展、融合与分裂，提供了场域和空间；不仅如此，在晚清的上海叙事中，戏院、戏子所承载的一出出欲望、罪恶和荒诞，更是将都市上海作为了一个更大的舞台，将现代情感与观念中的善与恶、喜与悲容纳其间。而对新学而言，其代表着新式教育与新思想、新学说活跃于晚清上海乃至整个中国的两种形态，其中所呈现出的，是更为驳杂的社会历史境况，在新与旧的对抗中，历史的沉浮令道德的光芒忽明忽灭，而在传统与西学的跨文化糅杂中，更是将传统中国向现代转化的过程及其艰难处境和尴尬状态，展露无遗。

# 第四节 《市声》与商界：
## 呜呼党、阶级生态与"有群"之话语

一

　　《市声》事实上是一部反映晚近上海社会经济尤其是现代商业萌芽时期的重要作品，主要呈现出了民族经济与国外经济之间的拉锯战。更为重要的是，同时也塑造了现代商业起步阶段的中国商人与民族资本家群像，他们在国外成熟的经济模式与国内保守因素的双重挤压下，如何艰难地生存，这一点是值得探究的。应该说，针对晚近小说动则欢场偎人、科幻武侠、官场，这部小说的社会历史意义乃至文学价值都毋庸置疑。更为重要的是，《市声》作为上海现代商业发端之际的重要作品，较早地涉及到了在世界商业浪潮的冲击下，尤其是现代商品经济对传统中国的渗透，呈示出民族资本家以及围绕其间的小商小贩、工人买办甚至是流氓滑头的生存状态与精神世界，揭示中国式的商业化经营在跨文化语境下的命运与抗争，在多文化的搅缠与并存状态中，晚近中国实业家的思维方式、经营模式乃至生活态度都随之而发生了变动。

　　尽管《市声》也对欢场和官场多有涉及，但是从其核心要素而言，更重要的是对民族企业和早期资本家的生存样式和精神状态的呈现。小说第四回，拙农比较了西洋、日本和中国民间养蚕的情况，指出"西洋人是把那蚕身用显微镜细细照看"，以发现蚕身上的患病，并由一位名叫巴斯陡的法国学士，发明了"种蚕分方法"；而日本国的养蚕法则"更来得周到"，指出高地的蚕子比低地好；随后，拙农进一步指出，"人家是国家有人替百姓经理的，我们只得自己留心"。[①]在这里，拙农不仅意识到了国外养蚕的经验，而且揭示了国外养蚕的国家主导意识，而反观国内的养蚕行业，更多只是民间分散经营，并没有经过现代商业的集约化和统筹化过程，况且养蚕的"乡愚"本身意识之固执，更是让蚕丝行业在国内的发展举步维艰。于是便有了随后的第五回吴月坡所说的话："外国丝一年多似一年，中国商家，还有甚么指望呢！他们一个行情做出来，不怕你们不依。我是看透了其中毛病，恐怕只有落下去，不会涨出来，劝你们早些出脱吧。……"[②]这种双方或多方的比较，实际上是一种跨文化的认知与实践，不仅联系着实业和经济的利益，更为重要的是，异质文化为传统意识提供了一种参照视野和比对环境，在彼此的拉扯与融合过程中，形成世界性的认知思维和多文化交互的现实考量。尤其是在近代上海，在传统文化与国内的社会历史遭受种种困境的情况下，对异文化的投射，更是以一种互文甚或是取而代之的方式，化入抑或是不得已／强行地介入到本在文化思维和经济社会的发展进程中。

而到了第六回"扬州府豪商出世 上海滩茧市开盘"，则涉及民族主义统辖下的商业竞争。具体而言，首先是伯正认为吃本国人的亏不算什么，关键在于如何不让本国人吃外国人的亏。伯廉更是进一步提出，"原晓得如今商家，吃尽外国人的亏，很想挽回这个利益，只是自己没有本钱，要去联络人家，又恐人家见疑，实在被那些不知廉耻的

---

① 姬文:《市声》第四回，上海：上海文化出版社 1958 年。

② 姬文:《市声》第五回，上海：上海文化出版社 1958 年。

人弄坏了。有钱的不放心合人拼股，联不成一个团体，只好暗中随
他亏耗。难得伯翁这般豪爽的人出来，做这番大事业"。① 如前所
述，在联成团体的过程中，首先存在的是民族意识的问题，也就是
说，在国家主体成长的过程中，如何通过特定的社会组织形式，将
不同的个体或主体勾连起来，以面对更为强大的外在压力，尤其是
经由经济和商业的形式，更是将个人切身的利益乃至于最基本的生
存紧密联系，因而也更容易达成凝聚人心特别是合众国人之民族心
的目的。关于这一点，在文本中的表现在于，人物内心容纳着多种
向度的焦虑，首先自然是来自外部经济的胁迫与压制所带来的焦灼
与痛楚，这就导致了其对国外经济势力的复杂心态，一方面是重压
下的焦灼以至痛恨，涉及的是民族意识与生存意识层面的困境。其
次是对国人尤其是国内商人的"哀其不幸"与"怒其不争"，虽满
心期待国人的团结御侮共同奋进，但却又不得不无奈于小农经济与
国民劣行的痛彻心扉。

二

以上的分析无疑是涉及社会文化及政治经济层面内容的考量，
事实上，更为重要之处在于，晚清的小说文本是如何通过其特殊意味
的形式体现，对这一切进行呈现和表征的，这或许是文学研究所要探
究之关键所在。而《市声》引人注意之处，就在于小说通过群体形象
的勾勒与个体形象的聚焦相结合的方式，对晚清上海商品经济的发展
现状与民族资本家及围绕其周围的形形色色的人群的生存状态加以
呈现。

李伯元《文明小史》中，就曾写到一位制台大人为了如何给外
国教士乘轿子的问题大伤脑筋——如果是官，则应用"绿呢大轿"，

---

① 姫文：《市声》第六回，上海：上海文化出版社 1958 年。

如若是生意人，"还是给他蓝呢轿子坐为是"。拿捏不定之际请示洋务局总办仍未果，最后是一位文案老爷突发奇想，在蓝呢轿子跟前加上一把伞，以迎接 "介于不官不商"的外国教士。[①] 从小说中的这一段叙述中，可以侧面见出，尽管由于中国当时的封建专制，官本位的意识无法抹除，但是显而易见的是，商人的地位已经大幅提升了。在传统中国，商贾要与官僚相提并论，简直是不可能的事情，但是从时代社会对商人的态度，确乎可以见出伦理变更和道德转轨。众所周知，古有士农工商"四民说"，商人的职业向来为人所诟病，原因有四，一是商人以买卖为生，欺瞒狡诈俨然成为其代名词；其二，商人长期外出经商，背井离乡之际，难免屈从诱惑，名声不济，损坏正常的婚姻家庭。然而到了明代后期的"三言二拍"，商人的地位开始发生了更迭，这也是晚明商品经济活跃的表现。[②] 而与晚明的开放思潮相对应的，无疑是晚清的上海，关于这一点，《市声》中便有着较为集中的呈现。

书中所写钱伯廉、周仲和、张老四、胡少英以及范慕蠡是具有现代意识的中国商人群体，较早地遭遇到了来自外国丝茧行业的冲击。而他们的应对手法、处置方式，则表现了传统民族产业引入了国外的现代商业运营模式。但是值得注意的是，对外来经济体和商业力量的直面和迎战的过程，并不仅仅是一个冲击和垮塌的经历，而是一个在受到冲击之后惶恐面对，再到接受吸纳和改进，最终再到参与竞争和商战的过程。正如戴山所言："如今中国茶业，日见销乏，推原其故，是印度、锡兰产的茶多了。他们是有公司的，一切种茶采茶的事，都是公司里派人监视着；况且他那茶，是用机器所制，外国人喜吃这种，只觉中国茶没味。……我开这个公司的主意，是想挽回利权，学

①李伯元：《文明小史》第十三回，见《中国近代小说大系》，南昌：江西人民出版社1988年。
②章培恒：《试论凌蒙初的"两拍"》，吴承学、李光摩编：《晚明文学思潮研究》，武昌：湖北教育出版社2002年，第244—256页。

印度的法子，合园户说通，归我们经理。叫园户合商家联成一气，把四散的园户，结成个团体，凑合的商人，也并做一公司。再者，制茶的法子，就使暂用人工，也要十分讲究。…… 倘若合了公司户商一气，好好监视，这种弊病先绝了，茶能畅销外洋，这不是商家的大幸么！"①可以说，面对异文化的侵入，尤其是异域经济体与商品的冲击，晚近的中国商人开始意识到己身力量之微弱，由此抑或抱团取暖，抑或采取积极的应对方式，进行集约化的商界合纵连横，试图由传统自给自足的个体经济体模式，转向互通有无，协同经营的现代化生产经销。商业群体的形成不仅对国民经济形成一个规模化的效益，破除小农经济所带来的固有的弊端，而且由于此一过程附带着的御外性质，也有助于国族意识的养成，而以此统摄下的现代经营理念以及更为重要的如何处理跨文化视野下的经济、文化和情感层面的沟通，则成了《市声》所提出的重要问题。

在现代都市上海谋生或经营实业的商人群体，可以说毋庸置疑地占据了《市声》最重要的位置，成为小说叙说和呈现的主体。然而除此之外，国民作为一种群体性的出现，也通过一种跨文化的商业活动出现。譬如小说第三十三回，提到东洋与中国之间的联系，尤其是将"东亚病夫"这一当是时带有民族差异性的蔑称与现代商业的运营相联系，表面上看似只是单纯的民族意识的觉醒，实际上其中所隐含着的，是在民族国家的形成过程与商品经济发端之际的接轨状态，国族与经济的牵连在早期的商业活动中，往往发挥着极为重要的作用。"现今中国，农的农，工的工，商的商，难道没有实业？但合五洲比较起来，中国的实业跟不上欧美百分之一。学界的口头禅，都说现时正当商战。据兄弟看来，其实是工战世界。工业兴旺，商战自强，实因商人是打仗的兵卒，工人是打仗时用的克虏伯炮，毛瑟

① 李伯元：《文明小史》第五回，见《中国近代小说大系》，南昌：江西人民出版社1988年。

枪。"① 也就是说,中国的实业并不是自顾自发展起来的,而是在一种对他者的注视、观照甚至是警惕、竞争中得以形成,然而强大而难以企及的他者,也使得民族商业渺小的自我显得愈发清晰,并且令自我的存在显得焦灼而难以自持,这也便是商人之所以要以群体之势集结的重要缘由。

不仅如此,在上海早期民族工业发展兴起之际,工人同样作为一个群体出现于历史的舞台。小说第十五回,提到工人也是国人的一分子,将工人作为群体,纳入到阶级意识与民族意识的形成的序列之中。如第三十三回,作者借刘浩三之口说出:"中国地居黄河、扬子江两大流域,土地实在肥美,因此习惯做了个重农的国度;又从古至今,不喜交通,除了汉武帝、唐太宗、元世祖三位雄主,还喜东征西讨,至如所称仁君圣主,总之不喜用兵,只需保守自己的国度,又都怕农民没饭吃,以致辍耕太息,造成许多乱象,所以重农抑商,是古来不二法门。如今才悟出商人关系的大,工人关系的更大。但是悔之已晚,早落后尘,赶紧振作一番,还救得转哩。"刘浩三从日本留学归来,经历了异质文化的熏染,反过来重新审视中国的问题,则看得较为独到明晰。尤其是当中提到的对工人地位的肯定,更是契合了大工业时代到来之历史时代浮现的新阶级,在国内外所发挥的重要作用。随后,范慕蠡更是从实际操作与商业政策出发,指出如何将工人的地位加以巩固,鼓励工人发挥积极性与创造性,"工人见自己手造的器物,都有利益,自然会做工的格外加工做活,不会做工的,见工业里面的人,也会发财,大家情愿做工,不想别的主意了。"② 也就是说,必须通过利益的诉及,对社会资源进行重新分配,才能唤出工人的主体性,进而参与到晚近工商业的浪潮之中。而作为一个群体的工人,不仅要完成自身的转型,更为重要的还在于与各个层级与阶层的紧密

---

① ② 李伯元:《文明小史》第三十三回,见《中国近代小说大系》,南昌:江西人民出版社1988年。

协作，既斥除传统的陈陋因袭，同时适应现代化的商业和工业需求，实现良好的社会功能与工商业功能运转。

## 三

梁启超在《新史学》中指出，中国史学"陈陈相因，一丘之貉，未闻有能为史界辟一新天地，而令兹学之功德普及于国民者"的"病源"之一在于"知有个人而不知有群体"。可以见出，梁启超在内忧外患的历史情状下，强调的是国民意识觉醒下的阶层分工的必要性，各个社会有机体完成自我有效运转，正如小说中借杨成甫之口说道："农工商贾，就是合成的一个有机动物，斗起笋来，全都活动；拆去一节，登时呆住了。我国的人，悟不到此，大家有个独攘利权的念头，你争我夺，就如自己的手，和自己的脚打架；相残过度，甚至把这一个有机体坏了，方肯罢手。"因而从这个角度而言，梁启超提及的群体意识的养成，驳斥的便是传统中国一直以来的个人与群体的龃龉冲突，"独攘利权"与群力群策之间，前者往往对后者产生的是一种压倒性的甚至是摧毁性的力量。更重要的是，个人与群体并不存在着，彼此之间唇齿相依，因而，没有群体，失却他人，何来自我。对群体的关注，尤其是在民族国家形成的过程中，攒合具备"群力、群智、群德"的国民团体，实则还有利于平等意识的形成，这是群体之所以既能各为其是，又可以相互往来交互的关键所在。而《市声》这一小说所提示的，便是在晚清的上海社会中，主体/个人与群体之间建立一种辩证关系的重要性与必要性，这不仅是中国迈入现代民族国家之际的必经之路，而且也是上海在工商业兴起之际必然面临的个人与群体之间的复杂微妙关系的重建困境。

"中国之史，则本纪、列传，一篇一篇，如海岸之石，乱堆错落。质而言之，则合无数之墓志铭而成者耳。"史学著者凌驾于人物之上，故只见"墓志铭"而不见鲜活之"人"。接着梁启超指出历史应当如何呈现群体之历史，"夫所贵乎史者，贵其能叙一群人相交涉、相竞争、相团结之道，能述一群人所以休养生息、同体进化之状，使后之读者爱其群、善其群之心，油然生焉。"群像中的个体彼此之间并不是孤立自足，在具备己身之充分主体性的同时，还应产生相竞争相融汇的交互。而梁启超最终之目的，则是为了召唤"我国民之群力、群智、群德"的发生，以群体丰赡和推动历史发展之进程。

然而，《市声》所展示的，并不单单是一个在"群力、群智、群德"方面得以形成的群体，事实上，民族工业和商业，在与国外的竞争中，甚至是在自身的发展过程中，遭遇到了难以逾越的屏障与无法克服的瓶颈，小说最后，无论是商人还是工人，或瓦解或受困，在一种内忧外患的社会环境中，工商业的命运令人扼腕叹息。事实上，这个群体的瓦解，却又势所必然，其中显示出了个体与群体、工业与商业、官方与民间等层面的生存发展困境。而这样的困境，往往是通过利益分配中的冲突呈现出来的，最明显的例子，是小说中的第五回、第六回，拆股和分钱的矛盾，现代会计和清算制度，也就是晚近中国的商业和企业制度的发展跟不上时代进程。其次是上海滩鱼龙混杂，坑蒙拐骗、掩人耳目以获求求财的小农经济之短视有关。再次，来自外部强大势力的挤压，令其难以生存和发展；而与此同时，国内的经济与政治环境不清明，晚清和民国政府的不作为甚至是压迫，更令民族企业和国内工商业发展难觅生机。

而阻碍民族工商业发展的，不仅是来自国内外的大环境，就小说《市声》所反映出的信息看来，即便是在国内国民群体的内部，也存在着自我腐蚀的危险，内在机体运转的障碍也于焉显现。那就是小说中多有刻画的上海"滑头"群体。此一群体，大多是坑蒙拐骗、尔虞我诈、投机倒把之徒，在上海地界横行无忌，从侧面反映出了当是时上海商界的乱象之一端。这个群体可以说具备了相当的规模，以至于小说中的主要人物汪步青在百无聊赖之际，看到了一部《滑头记》，便忍不住细看起来，只见里间 "都是骂的滑头，怎样骗人钱财，窃人货物；后来又说什么捐地皮的滑头，怎样以贱作贵，怎样欺瞒买主。"出人意表的是，汪步青阅毕，竟然面红耳赤起来，始而 "良心发现"，随即又觉得 "骗他几文用用，也不伤天理"，并最终心安理得了起来。①这一小段描写，表现出了汪步青复杂微妙的心理，一方面，从书中，他意识到了一种自我的映射，故而心怀愧疚顿时面红耳赤，然而一转念，众人皆然，故不能过于责怪自己，这是习以为常之事，似乎没什么大不了。从汪步青的心态可以透射出当是时滑头横行的情况在上海俨然已经成为一种普遍现象，而且如果深入分析其内心的自我辩解，可以知悉这样的状况乃是屡见不鲜遍地蔓延的，这就揭示了晚清上海尽管处于高速发展之中，但其商业生态却是复杂混乱的，工商业发展初期的泥沙俱下和良莠交集。

不仅如此，在《市声》中，还传递出了许多信息。譬如小说第三十五回，从东洋留学归来的杜海槎与潘人表之间关于野蛮与文明的对话，"文明的话，口头谈柄罢了。统五大洲的人，比较起来，不见得人家都是文明，我们都是野蛮的；况且文明野蛮的分际，我们要勘得透，其中的阶级穷千累万！譬如一种知识，人家有的，我们没有，我们便不如他文明了；又譬如一种事业，人家有资本在那里创办，我们没资本，创办不来，我们又不如他文明了。把这两桩做比例，推开眼界看去，文明哪有止境？一桩两桩小小儿的优胜，就笑人家不文明，就像鸠笑大鹏似的，早被庄老先生批驳过"。②这里首先触及的是文明的归属权问题，文明并不是单一的可以为某一个共同体所垄断的，文明是一种普遍性的文明，是可以相互独立有彼此浸润渗透的因素；其次，文明代表着一种话语权的归属，也就是说，自诩为文明并且有

①李伯元：《文明小史》第二十二回，见《中国近代小说大系》，南昌：江西人民出版社 1988 年。
②李伯元：《文明小史》第三十五回，见《中国近代小说大系》，南昌：江西人民出版社 1988 年。

着对文明之冠名权的利益体，便可以利用"文明"生杀予夺，这是要特别警惕的；再次，需要看到的是，先是潘人表向杜海槎提起东洋文明的话头，接着后者站在一个跨文化的角度，将"文明"置于世界性的视野中，试图破除"文明"观的独断论，也祛除了二元对立的固有思维，"现在世界，并不专斗文野；专斗的是势力。国富兵强，这国里的人走出来，人人都羡慕他的文明，偶然做点野蛮的事，也不妨的。兵弱国贫，这国里的人走出去，虽亦步亦趋，比人家的文明透过几层，人人还说他野蛮，他自己也只得承认这个名目，有口也难分辩"。①可以说，这里还涉及更为复杂的层面，也就是说，话语权及其背后的独霸和专权，固然代表着对文明的架空甚或是绑架。但是回过头来说，文明存在于"势力"之中，包括国家的强大以及在跨文化视野中的发明权，文明往往不是独立的，附着于其上或者与其存在互动的，还有民族国家的军事、政治、商业以及文化之变迁。在此逻辑下所形成的他者的控制与自我的失语，便形成了晚清小说叙事中所透射出来的焦虑根源。因而，杜海槎最后坦承："据现势而论，自然我们没人家文明。只需各种文明事业，逐渐的去做去，人家也不能笑我们野蛮了。"②民族意识发端之初，国人尤其是具有留学经历的知识者对"文明"的认知，具备了初始的朦胧的独立观念和民族国家层面自我意识。可以说，叙事者通过具有跨文化背景的人物之间的彼此辨析，开始梳理有关世界历史、国族政治及商业文明等层面的话题，这也成了时代历史之焦灼与惶惑的表征，同时也指示着小说的文本内部与外部世界的积极沟通。

---

① ② 李伯元：《文明小史》第三十五回，见《中国近代小说大系》，南昌：江西人民出版社1988年。

# 第 五 章

## "现在"与"未来"之中国：
## 跨文化镜像中的时空重置、家国转喻与叙事伦理

　　这一章主要涉及的是晚清小说中的重要题材之一的科幻理想小说，其主要是对"奇"的着意和聚焦，可以说形成了小说叙事的重要一维。此类小说，一方面是立足于过去与当时之中国，对"未来世界／中国"加以憧憬和构建。另一方面则是抹除时间的界限，从现实世界和日常生活中抽离开来，形成一个时间之外的乌托邦理想图景，揭示出其中所体现出来的对中国历史尤其是在晚清之际所生发出来的诸种时间意识的重新整合和再思。

　　这一章主要通过以下几个部分进行阐述：其一是"旧瓶装新酒"，也就是从晚清的科幻小说中的场景和空间转换，以及由此所激发的新的文化想象进行探究，指出其通过怎样的小说形式和语言形态，将本文中的乌托邦境界或未来景象呈现出来。其二是深入到科幻小说的文本内部，指出人物主体的身份构成和功能结构，尤其是通过小说中所形成的理想境界，指出小说的人物主体如何转化成多重性和多样化的国家主体，构设成为乌托邦想象的对象与形象；着重讨论人物主体在小说中所形成的置换，以此牵引出人物的活动形态以及小说的内在主旨；并在此基础上，揭示晚清小说尤其是科幻小说所呈现出来的转喻机制以及这样的转喻机制如何与文本中的诸要素构成有机结合。其三是回到晚清小说的时间之维，尤其是其中频繁谈及的"现在"、"未来"的指涉，指出在传统中国走向和融入现代的历程中，叙事者将构设出怎样的"现在"，也将运思出如何理想的"未来"，并进一步揭示在这样的文本形式中所投射出来的对国族危机的沉思、对现代时间的惶恐和困惑以及在理想化叙事过程中所呈现出来的叙事旨归和政治道德伦理。

## 第一节 旧瓶装新酒：
## 空间转换、文化想象与科幻形式

一

《新石头记》，顾名思义，为曹雪芹之《红楼梦》的续作，作者署名 "老少年撰"，一般认为是清末著名小说家吴趼人，该小说于光绪三十四（1908）年十月由上海改良小说社推行单行本，凡四十回。

作者开章即表达了对续作的信心不大，以至于该作出来之后，其于后人的褒贬，采取了"与我无干"的态度；此外，作者也是有感于以往的《石头记》续作通常以林黛玉为主要人物进行敷衍，从而在《新石头记》中另辟蹊径，以贾宝玉的行踪为中心线索，将其从温柔乡女儿国中释放出来，"干了一番正经事业"。

小说开端，贾宝玉想要寻找并重返荣国府而不得，与此同时，世人也不曾认得他的模样，可以说，这里便造成了一种想象的误差。也就是说，人们通过《红楼梦》所认识的千差万别的贾宝玉形象，与现实世界中的认知是存在差别的，这不仅是文学文本与现实世界的认知错位，同时也代表着历史和时间层面的差异。而当从《红楼梦》的世界中来的贾宝玉，得知都市上海"四大金刚"中也有一个林黛玉时，更是令错位和误认进一步演化，对贾宝玉而言，作为妓女的林黛玉的出现，无疑是对历史和个人观念的颠覆：

> 包妥当见宝玉翩翩年少，打量是个风流人物，便把上海的繁华富丽，有的没的，说了一大套。慢慢地又说到风月场中去，说上海的姑娘，最有名气的是"四大金刚"。宝玉笑道："不过几个粉头，怎么叫起他金刚呢？"包妥当道："我也不懂，不过大家都是这么叫，我也这么叫罢了。这'四大金刚'之中，头一个是林黛玉。"宝玉猛然听了这话，犹如天雷击顶一般，觉得耳边轰的一声，登时出了一身汗，呆呆地坐在那里出神。包妥当还在那里滔滔而谈。后来见宝玉出神，以为他冷淡了，便搭讪着辞了出来。这里宝玉被他一句话，只闹得神魂无定，心中不知要怎样才好。又是气愤，又是疑心。气愤的是林黛玉冰清玉洁的一个人，为甚忽然做起这个勾当来？疑心的是记得林黛玉明明死了的，何以还在世上？莫非那年他们弄个空棺材来骗我，说是死了，却暗暗的送他回南边去了不成？心里左想也不是，右想也不是，不禁烦躁起来。①

对于晚清以倌人出现并称名于世的林黛玉而言，从冰清玉洁的林妹妹，到为人诟病的"四大金刚"，可以说，她利用了小说想象与现实历史的差异和错位，实现了己身欲望之建构，在颠覆与建构之中，在戏拟与模仿之中，《新石头记》对晚清上海乃至中国历史的解构与重建，有着深层的呼应。

小说的前半部分，主要写的是贾宝玉在都市上海的遭际，譬如阅读新闻报纸，确定了小说写作的文本语境，"拿了这张纸，翻来覆去的看了又看，也有可解的，也有不可解的，再翻回来，猛看见第一行上，是：大清光绪二十六年□月□日，即公历一千九百零一年□月□

---

① 吴趼人：《新石头记》第三回，见《中国近代小说大系》，南昌：江西人民出版社 1988 年。

日，礼拜日。不觉吃了一大惊。"①值得注意的是，这个时间的确认，同时也重新厘定了贾宝玉再生的历史时间，小说以其与薛蟠、焙茗等人的行迹，放弃了封闭的红楼叙事，并且设置了一个现在时的时空，进一步寄寓其间、建构未来。

不仅如此，正如王德威所提出的："以较为专业化方式来说，晚清小说开拓了一模拟嘲弄（Parody）的新境，对以往的政教章程、文学成规在模仿之余却又暗图瓦解讽笑，因此造成读者进退两难，哭笑不得的地位，实应视为意料之中的阅读效果。"②在小说《新石头记》中，叙事者则是以贾宝玉为人物主体，去经历和体验中国清末历史，如义和团、维新变法等。事实上是以一种戏拟和模仿的形式，对晚清的上海历史进行重新审视，通过陌生化的视角，展现出都市社会的荒诞、惊奇以及对其所展开的畅望。

而到了小说的后半部分，叙事者开始逾离当时中国实在的地理空间和时间概念，进入了一个名曰"文明境界"的地域。可以说，在此"境界"中，无论是人心、人情、人性，还是世界的物景和愿景，都是令人耳目一新的。从都市上海到乌托邦的"文明境界"，叙事者所展示的，是通过贾宝玉的游历和体验，描绘出一幅与现实历史若即若离的虚幻图景，以此来参照时代的思想文化和情感意识，并从中试探出新的社会机制与意义层级。

二

贾宝玉的重生，事实上是将其重新置于中外杂糅的时间与地域之中。例如贾宝玉于其中所经历的轮船、猴牌火柴、大菜间、留声机、上海新闻报纸、新式学堂等。可以说这是红楼中人贾宝玉的一次

---

①吴趼人：《新石头记》第一回，见《中国近代小说大系》，南昌：江西人民出版社1988年。
②王德威：《〈老残游记〉与公案小说》，见《想象中国的方法》，生活·读书·新知三联书店，第68页。

跨文化之旅。可以说，在跨文化的体验中，贾宝玉从之前《红楼梦》中的无忧无虑和贪图享乐逾离了出来，进入一种忧虑和焦灼的心理和精神程式——这也是彼时历史中知识分子与国民的内心经验。譬如在中外贸易过程中，贾宝玉有感于洋货在中国的倾销，意识到其一则换走中国的银钱，二则如鸦片烟会销蚀国人意志。可以说，这时候的贾宝玉，国族的意识已经不言自明地渗透其内心。因而，在如是这般的跨文化语境中，身处于都市上海的贾宝玉被赋予更多的精神意涵，也承受着异于往常的沉重心理。譬如小说第七回，贾宝玉在妓院堂子中，对同行的柏耀廉进行严加斥责："至于姓柏的这个人，简直的不是人类，怎么一个屁放了出来。便一网打尽的说中国人都靠不住。他倒说他是外国脾气。这种人，不知生是什么心肝！照他这等说来，我们古圣人以文、行、忠、信立教的，这'行'字、'忠'字、'信'字，都没有的了。这种混帐东西，我要是有了杀人的权，我就先杀了他。"[①] 柏耀廉向来亲近外国，而站在"中国人"的立场上，如是这般的国民意识和国族观念，似乎在从传统移置于现代的贾宝玉身上是与生俱来的思想情感，且不说其中的逻辑关系和现实可能性——这在带有科幻性质的小说中似乎并不是关键所在；事实上重要的是，叙事者以及小说所呈现出来的时代意识和想象构思，以及小说在叙事中所持有的价值理念和道德伦理，同样于焉显现。

不仅如此，在小说的第九回，当宝玉听说外国人买了中国的地皮，不觉吃惊道："租界、租界，我只当是租给他的，怎么卖起来！更让他买到租界以外呢？"[②] 在贾宝玉身上，叙事者意欲赋予其尽可能多的政治意涵，不如此不足以彰显叙事的能量，因而，贾宝玉身上不仅对国族意识有着较为成熟的认知，而且在跨文化的语境中，自觉地同时

---

① 吴趼人：《新石头记》第七回，见《中国近代小说大系》，南昌：江西人民出版社 1988 年。
② 吴趼人：《新石头记》第九回，见《中国近代小说大系》，南昌：江西人民出版社 1988 年。

以传统与现代的两个中国作为立论的根基与评价的标的,对外国物事和价值观以及涉及中西杂糅的跨文化产物,进行论断和阐说。

而小说的第七回,薛蟠带贾宝玉到堂子里去叫局,而贾宝玉寄身其中,显得格格不入。可以说,从大观园的女儿国,到晚清都市上海的妓院,对贾宝玉而言,这里便涉及到了两种温柔乡的错杂:一种是《红楼梦》大观园中的欢喜忧愁与温柔绵软,另一种则是都市上海堂子中倌人的柔媚妖冶。很明显,前者以"情"为纽带牵引各方,情对性对物质等世俗是处于一种压抑和对抗姿态的;而到了晚清的上海,古典的"情"渐渐消隐,或让位于欲望与诈伪,或被层层包裹在物质与金钱之中。

在这个过程中,值得注意的是,贾宝玉来到都市上海,遇到的不是别的人,而是薛蟠。其通过薛蟠的视角了解和体验上海。可以说为后文两人的行迹埋下了伏笔;而如此事实上也是延续了薛蟠在《红楼梦》中可恶丑陋的形象。小说中,薛蟠向贾宝玉介绍上海的夜生活,表现时间上的变换以及都市生活的繁荣与迷乱。

《新石头记》之所以"新",是吴趼人将《红楼梦》的若干人物单独抽离出来,人物虽逾离了原小说的文本世界,然而其记忆观念和思想意识仍寄寓于那个大观园的世界中;而且,人物在脱离了原本的历史语境之后,进入了一个"现在"的时间,并寓于跨文化语境之中。饶有兴味的是,小说第四回,薛蟠和贾宝玉甚至责备起了曹雪芹,指责曹事无巨细地将他们的丑态和愚笨书写出来。这个微笑的细节,不无戏谑的味道,但是也令人物有了重新审视自己乃至是书写自己的契机,而在审视和反思的过程中,人物自我也较清晰地呈现了出来。更为重要的是,这也昭示着人物完全从《红楼梦》的小说世界中脱离,进入现代中国的历史轨道之中,开始纵横古今,感受世界性浪潮的袭来。

在贾宝玉立足于现代中国开始己身的文化想象的过程中，叙事者在小说的后半部分，开始将其置于一个跨文化的空间"文明境界"之中，观看、体验和感受来自中国与西方之外的另一个空间的物质和精神成果。这也是晚清的上海科幻小说的优势所在，其往往能够破除中西之间的二元分立，重新缔造新的生存场域与思维空间，并通过科技与物质的更新，结合人物精神思想的超越，将想象与幻境形式化。如小说的第二十二回，在"文明境界"中，就另辟一处界域，晚清之际出现的器物如钟表、留声机、温室种植、温度控制、潜水艇等进行模拟和再造，试图以此建构出新的乌托邦愿景。

事实上，小说中出现的此一"文明境界"，就是一个典型的跨文化界域，在跨文化语境下对科学、医学、交通、军事、日常生活甚至是在生产领域如开采矿藏等层面都进行重新考量，并试探性地提出方案或建构想象。需要进一步阐明的是，在晚清的小说中，如此这般地对崭新时空的再造，其背后的思维形式和想象语境，往往都寄寓于一种跨文化的空间意识之中，也就是说，当中国—上海进入晚清的现代历史时间之后，无论是立足于现实，还是以科幻和未来时间为思考维度的小说，都将面临着新的语境，而且在小说形式的构造过程中，必然地对此进行参照和移用，这种语境便是所谓的"跨文化"。值得注意的是，小说中的"文明境界"固然是对乌托邦的模拟，但如果立足于晚清的历史语境，如"文明境界"般的地域和境界建构，实际上也是当是时小说的一种特殊的想象形式，无论是陆士谔的《新中国》中对上海万国博览会的想象，还是梁启超《新中国未来记》中重新设定维新变法成功后的新中国，又或者是像《新法螺先生传》、《新茶花女》中所描述的焕然一新的情景和场域，都代表着晚清小说中屡屡涉及的中与西、古与今、边缘与中心、现实与虚幻等层面的形式内容，而写作者及小说内部的叙事者，也都自觉不自觉地以此为思考和酝酿的起点。

可以说，无论是《新石头记》的后半部分中经常出现的捕海马、捉死貂、触珊瑚、藏寒翠石等，还是在以不小的篇幅表现出老少年、贾宝玉等人长途跋涉环游世界的水上及冰上航行，都可以说，这一具有地理意义的航行，实际上便是一场跨文化之旅。如途经北冰洋、南冰洋以及澳大利亚等地。风物、海洋生物的描写居多，然而这同样也可以视为是跨文化的行旅。不仅如此，如三十二回"获奇珍顷刻变温凉　尝旨酒当筵论文野"以及第三十四回"走隧道纵游奇境　阅工厂快得大观"等回目中所提到的，"奇"也成了该小说所描绘的核心物情物事：

> 艺士又指旁边一处道："这就是做水靴的。"宝玉道："我方才要请教，这水靴有甚用处？"艺士道："穿了这靴，可在水面行走，并且行的甚快。"宝玉看时，那里是靴，却是两艘平底小船。七寸来宽，二尺来长，用白金做的船壳，里面无数的小机轮，中间有一个空处，恰是一只脚位大小。上面装上皮靴统子。……这靴统长可及膝，扣紧了上面，水自不能灌进里面。机轮鼓动，在水面上，不烦举步，自能前进。前回做好试验过，因为转弯回头不大灵动，所以重新改良的。
>
> 宝玉看见旁边一辆飞车，在那里装配，因问道："飞车久已有验的了，不知为甚还在这里安配？"东方法道："这是新近试做的，飞行极速。打算飞升起来，便赶着太阳走。譬如今天正午飞起，便往西依着太阳轨道去，一路赶着太阳都是正午，到明天正午仍回到此地。"宝玉吐舌道："竟是一昼夜环绕地球一周了。"①

关于所谓的"奇"，在传统的小说视野中，猎奇与写奇是其中之一脉，不管是"拍案惊奇"系列，还是蒲松龄《聊斋志异》，又或

---

① 吴趼人：《新石头记》第三十四回，见《中国近代小说大系》，南昌：江西人民出版社 1988 年。

者是"四大奇书"中的"奇",都昭示着传统中国小说对题材涉猎的特殊指向;然而,到了《新石头记》中的"奇",则明显呈现出了有别于传统的新的元素,尤其是其后半部分,在描述在老少年及其所引领的"文明境界"时,尽管小说还是以"奇"为中心进行情节、风物和人物的设置,但是具体的核心与形式都已经发生位移。具体而言,最为重要的便是科学和技术上的奇物奇技,尤其是通过航船、潜水艇等海上交通工具,跋涉地理上的奇迹,从而使得一种不同寻常的跨文化视角所构造而成的奇特景观。另一方面,从小说的形式层面而言,则是将想象力之"奇"与构建新的地理空间和生存领地相结合,并且人物之奇以及人物思想观念之奇同样寄寓其中,而且不再局限于一时一地的文化思维,而通过现代科学的想象,令小说的结构具备了跨地域与跨时空的视域之维和精神属性。

## 三

在小说第十八回中,记述了贾宝玉与一个学堂学生的对话,其中,宝玉针对学堂监督的演说加以评论:"说什么'维新'、'守旧'的字眼,都是日本来的,为我们中国向来所无。他竟是不曾读过书的,你说奇怪不奇怪。这不是笑话么?……《尚书》的'旧染污俗,咸与维新',《诗经》的'周虽旧邦,其命维新',难道也是日本来的么?其余代诏书上引用的'维新'二字,也不知多少,一时只怕还数不完呢。……'因陋守旧,论卑气弱',是出在《欧阳修传》的,只怕《宋史》也是日本来的了。"[1] 可以说,从贾宝玉纵论"守旧"与"维新"两者的出处以及学堂中督对此的集中论说可见,"中体西用"的维新思想作为小说叙事的维度之一,其痕迹是颇为明显的。冯桂芬的《采西学议》中提到:"以中国之伦常名教为本原,辅之诸国

---

① 吴趼人:《新石头记》第十八回,见《中国近代小说大系》,南昌:江西人民出版社1988年。

富强之术"，<sup>①</sup>作为本原的中国伦常名教与出于传统偏于国族的贾宝玉这两者，可以说是小说叙事伦理的一体两面，甚至是小说中所存在的"文明境界"，也时常隐现中体西用的维新思想。而作为洋务运动的主要领导人物之一的薛福成，在其《筹洋刍议》中也曾说："取西人器数之学，以卫吾尧、舜、禹、汤、文、武、周、孔之道"，<sup>②</sup>对维新变法及中体西用而言，在跨文化的语境中，中与西是截然对立的二元文化，而后者是对前者的补充和夯实。而郑观应在《盛世危言》中说："道为本，器为末，器可变，道不可变，庶知所变者，富强之权术而非孔孟之常经也。"<sup>③</sup>在《新石头记》中所出现的"文明境界"，应该说是除了贾宝玉的再生之外，最为重要也最为核心的"科幻"元素，在彼境界中，大谈西方之"器"的使用和创造，而涉及"道"时，虽然不乏维新之痕迹，但是已然逾离其间，开始进入一种模糊的不稳定的价值阐述和意义系统之中。这一方面是小说叙事和形式化过程中的无意识使然，但同时也代表着科幻小说对谴责、狭邪等诸种贴着现实历史叙写的小说的冲击和突破。这里并不是要对维新变法已经"中体西用"的政治观念和社会思想进行价值上和思想上的判断，而是以《新石头记》的小说文本为中心进行切入，指出小说如何通过人物形象与想象机制的建构，对维新运动与中体西用的理念进行形式化的探索，虚构的人物如何介入到现实的社会思潮和执政思维之中，这是问题的关键。

如前所述，《新石头记》成书于光绪三十四（1908）年，由上海改良小说社出版，其中所透露出来的意识形态，与当是时的政治改良和社会改良思潮相呼应，但是却又与时代是若即若离的。关于这一点，从小说接近结尾处的第三十八回可以见出，贾宝玉遍游"文明境

①冯桂芬：《采西学议》，沈阳：辽宁人民出版社 1994 年，第 84 页。
②薛福成：《筹洋刍议》，沈阳：辽宁人民出版社 1994 年，第 536 页。
③郑观应：《盛世危言》，郑州：中州古籍出版社 1998 年，第 30 页。

界”，到了最后，来到东方英管理的互市场中，那里是负责处理进出口货物的地方，该处还将“百员考察员”，“分派到各国去考察各处的人情嗜好”，而流连于“六街三市”的贾宝玉，对其中的“琛赆梯航，万商云集”瞠目结舌，“宝玉逐一看去，说也奇怪，他当日在上海时，到了洋货店里，便觉得光怪陆离，如入山阴道上，目不暇给。到了这里，见那土造的东西，没有一件不是清静雅洁的。看了那光怪陆离的洋货，倒觉得俗不可耐了。”① 可见，贾宝玉对“文明境界”中的互市场的观察和认知，明显超出了中与西二元对立的界限，尤其是将其中的货物与在上海时所眼见的洋货进行对照，指出其中的东西，即便是“土造”的，但其“清静雅洁”更是将洋货比得俗不可耐。在这里，叙事者并没有对所谓的“土造”与“清静雅洁”这般的类似于国货的东西作出过多地描述，但是，从文中叙述可见，其既不同于中国一般的土货，同时也超越了洋货的光怪陆离。这也是晚清科幻小说所形成的形式特征与思想意蕴，也就是说，其所塑造的物品、空间和人物思想，既源于时代，同时又逾越历史的藩篱，进而创造出新的想象空间和奇幻世界。

小说的三十二回，讲到中外喝酒的环节，主要生活在都市上海的贾宝玉基于上海这一跨文化场域，针对中外的饮酒习俗以及在租界中的法制状况，提出了自己的疑问。而居处“文明境界”的老少年却以一种异乎寻常的口吻进行解析：

> 宝玉道：“正是。我在上海住了几时，看见那报纸上载的公堂案，中国人酒醉闹事的案子，是绝无仅有的。倒是捕房案，常有酒醉闹事的，并且是第一等文明国人。这才奇怪呢。”老少年道：“这里有个道理，中国开化得极早，从三皇五帝时，已经开了文化；到了文、武时，礼、乐已经大备。独可惜他守成不化，所以进化极迟。近今

---

① 吴趼人：《新石头记》第三十八回，见《中国近代小说大系》，南昌：江西人民出版社 1988 年。

自称文明国的，却是开化的极迟，而又进化的极快。所以中国人从未曾出胎的先天时，先就有了知规矩，守礼法神经。进化虽迟，他本来自有的性质是不消灭的，所以醉后不乱。内中或者有一两个乱的，然而同醉的人，总有不乱的去扶持他。所以就不至于乱了。那开化迟的人，他满身的性质，还是野蛮底子。虽然进化的快，不过是硬把'道德'两个字范围着他，他勉强服从了这个范围，已是通身不得舒服。一旦吃醉了，焉有不露出本来性质之理呢？所以他们是一人醉，一人乱，百人醉，百人乱，有一天他们全国都醉了，还要全国乱呢。"众人听说，一齐笑了。①

从这段话中可以见出，在小说所涉及的"文明境界"中，存在着另一套有别于一般言说逻辑的话语体系，且不论其在理与否，问题的关键在于，以老少年为首，包括"文明境界"之中从事实业的舵手、水手、科技人员等，甚至是其中的人群、听众，都秉持着一种异于寻常的思维模式、道德伦理与情感旨归，尤其是其对跨文化语境中所出现的价值观念及其判断的意指，更是呈现出丰富复杂的态势。可以说，这也喻示着晚清之际，中外诸种思想和理念的跨文化交流，其中的杂糅、碰撞、融汇所在颇多，但往往是众声喧哗却又莫衷一是的。

可以说，在晚清的小说譬如《新石头记》、《新纪元》、《未来世界》中，所呈现出来的理想中国和未来世界，代表着对现下历史的不满和超脱，并蕴蓄着如此这般的心态，创造出了新的科幻写作的小说形式。而如果回到吴趼人的《新石头记》，从贾宝玉、薛蟠等人从传统跨越至现代的行踪，到"文明境界"中的老少年及东方德、东方法、东方美等人的发明创造和独特思想，可以说，小说所呈现出来的无论是在器物层面的科学、化学等实现新的创造，还是

---

① 吴趼人：《新石头记》第三十二回，见《中国近代小说大系》，南昌：江西人民出版社1988年。

水师学堂中以新式教育寻求救国的良方，又或者是最后贾宝玉与东方老先生纵论中外局势，都有这个潜在的旨归，那就是通过文学尤其是小说的形式创新和想象建构，在社会空间、生活想象、文化思维等层面加以新的构思，而且值得注意的是，《新石头记》中通过空间转换所实现的文化想象和价值建构，如是这般的文学／小说想象，架空了君主、朝廷等政治因素，而直接诉诸科学、技术以及寄寓其间的文化思维，并且立足于一种杂糅不明的价值体系和意义系统，参与到当今时事政治与世界局势的观照视野之中，期待以此为现代民族和国家的建设提供新的愿景。

## 第二节 国家主体的多重置换与晚近小说的转喻机制

一

晚清的小说，在内忧外患的境况下，开始由御外转而内省进而两者并存。在这种情况下，王朝／国家就不再是一个不言自明毋庸置疑的所在了，也就是说，对当下政权的不满和失落，令小说的叙事者开始转向新的理想国的构设，随之而来的则是国家主体的多重置换，从中体现出来的，则是晚清小说的新的转喻机制和想象方式。《女娲石》这部小说则是以女性为家国想象的主体，其中无论是刺杀皇太后而闻名江湖的金瑶瑟，还是疾恶如仇惩奸除恶的凤葵，白十字会长汤翠仙，以及花血党首领剑仙女史秦爱浓，全部归化为革命者形象，就连原为妓家所在的天香院，也在革命浪潮中改头换面，发生了功能性的转换，成为女学堂之所在，开始经营起了救国图存的大业。

这可以说是女性地位在小说文本世界中的跃升，一方面当然指示的是晚清女性地位的更迭，但更为重要的则是国族危机的出现，昭示着父权和夫权的倾颓。但是问题并不是如表面这么简单，国家意识形态的工具，践行的是男性的意识和意图，当然这并不是说女性不能参与革命，这里需要提出的是，小说《女娲石》中的性别意识实际上是模糊不清的，尤其是其中所倡导的"无性"的革命，正如花血党首领剑仙女史秦夫人所说，"人生有了个生殖器，便是胶胶黏黏，处处都现出个情字，容易把个爱国身体堕落情窟，冷却为国的念头，所以我党中人，务要绝情遏欲，不近浊秽雄物……"由此说来，以国族之情取代儿女之情，这是小说的核心主旨，在这个过程中，与其说是女性意识在主导，不如说，这与传统的以治国平天下为人生首任的情结并无二致，也就是说，女性的身份并没有于小说中得到凸显，反而是被取消和替代了，"女子生育并不要交合，不过一点精虫射在卵珠里面便成孕了，我今用个温筒将男子精虫接下，种在女子腹内，不强似交合吗？"[1]在这里值得注意的是，现代西医的想象也由此渗透进中国革命的进程当中，也就是说，不仅从整个政权形态和国家主体发生了变革，而且在国家的内部肌理包括认知机制、社会结构以及公共事业方面，也亟待面临变革。

"虽有一般爱国志士，却毫没点实力。日日讲救国，时时倡革命，都是虚虚幌幌，造点风潮。"正是在这种感时忧国的愤懑中，这位女史开始涉猎"欧洲历史"，尤其是当她看到"埃及女王苦略帕辣"的事迹，不禁喟然叹曰："唉！世界上的势力全归女子，那有男子能成事的么？你看苦略帕辣，他的外交手段，战事权谋，便是绝世英雄也要逊她一着。咳！这样看来，什么革命军，自由血，除了女子，更有何人？况且，今日时代比十九世纪更不相同。君主的手段越辣，外面的风潮越紧，断非男子那副粗脑做得到的，从今以后，但愿我二万万女同胞，将这国家重任一肩担起，不许半个男子前来问鼎。咳！我中国或者有救哩！"[2]从这段开宗明义的话语中可以见出，叙述者很明显意欲以女性来置换其他的国家主体，也就是说，女性成了

---

①海天独啸子：《女娲石》，见《中国近代小说大系》，南昌：江西人民出版社1988年，第478页。
②海天独啸子：《女娲石》，见《中国近代小说大系》，南昌：江西人民出版社1988年，第447页。

小说的国族想象与建构的中心。

在小说中，花血党遵循着"四贼"和"三守"的规则，所谓"四贼"，"一内贼、二外贼、三上贼、四下贼"，分别对应的是"绝夫妇之爱，割儿女之情"、"斩尽奴根……自尊自立"、摈弃"民贼独夫"的"专制暴虐"以及最后的"绝情遏欲，不近浊秽雄物"。显然，这里倡导的是女性的独立与自由，甚至不惜牺牲传统的夫妻、家庭以及本有的情欲为代价，对外部世界形成一种对抗的姿态，以此实现新的政治鹄的。而所谓"三守"，"第一，世界暗杖明势都归我妇女掌中，守着这天然权力，是我女子分内事。第二，世界上男子是附属品，女子是主人翁，守着这天然主人资格，是我女子分内事。第三，女子是文明先觉，一切文化都从女子开创，守着这天然先觉资格，是我女子分内事。"[1]围绕着女权中心，实施的是新的等级秩序与权力关系。女性开始出现在新的国度的施政过程之中，参与到政权和社会的建设中，自我意识与对自我的定位也愈加明确。

不仅如此，小说还映射出了当是时的时代境况，譬如末尾出现了"捣命母夜叉三娘子"，专事杀人，"擒贼先擒王，杀人须杀男"，只为"咱老娘的姊妹，被你们压了两千余年，拉着夫纲牌调倒还威风"，于是要为姊妹"报仇雪恨"，"不许世上有半个男人"。[2]便与清季历史中的排外、排满相勾连，而与男性的对抗则代表着近代以来女性在谋求自身地位的斗争和努力，可以说在这里所展示出来的是女性在性别抗争与革命历史的相互纠合中，施行着属于自己的革命，也即不仅要革命、革朝廷的命，还要革男人的命。而且在激进革命与进化论述之间，建立起了自身的革命纲领与施政形态。

---

①海天独啸子：《女娲石》，见《中国近代小说大系》，南昌：江西人民出版社1988年，第479页。
②海天独啸子：《女娲石》，见《中国近代小说大系》，南昌：江西人民出版社1988年，第519页。

## 二

小说的第十五回，绮琴道，"此曲乃妄感慨英雄末路，悬想拿破仑流窜孤岛的光景作的。原来盖世英雄场难收用，练考东西人物，收局最佳者，无如楚项碉，砍四战因路窥公于信皮，陈酒妇人，亦不失英雄本色，温不幸的其如故图涂砍，孤岛荒凉，一再由四，心灰气死之拿破仑。安悯其遇，伤其事，作此一曲，增当免思之意了"。[1] 吊诡的是，作为男性的拿破仑，却成为女权同情的对象，如此说来，小说中的英雄女子，并不是憎恨男性，而是憎恨懦弱无能、卖国求荣的男性，而对于"英雄本色"的男性，则强力的推崇，意欲一改国族懦弱的颓势。实际上是一种以国家民族为底色的女权意识。

然而，值得注意的是，这种女权意识表面上看似乎强烈坚硬，但是细究起来，其实只是叙事者/作者借其拯救国族危机的媒介，小说叙述也并不以女性之主体为中心，而是以国家、权力冠之于女性身上并加以演绎和铺衍。可以说，在这个过程中，作为性别的女性与作为政治的国家之间，被强行地挂上钩。因而，在女性通过演说、奏乐等形式抒发自身之情怀时，究竟是谁在"发声"和言说，便成了关键性的问题。抒情在这里如何发抒，情感在这个过程中又是如何被隐匿和压抑的，这实际上代表了晚清女性寻觅解放之初的复杂处境，同时也是晚清小说中的叙事主体所代表的言说立场、叙述策略、潜在身份和内在意指之表征。

可以说，小说的第十五回，女性演奏琵琶所呈现出来的意味，与传统中国一直以来的莺歌燕舞的往来酬酢——古往今来女子奏乐多为娱乐助兴已然大相径庭；然而，当女性被置于一个家国天下、感时忧国的情感维度中时，其娱乐性和生活性被取而代之，国家主体发声置换和变更，意味着小说叙事伦理的旨向，不同的主体，其功能性和

---

[1] 海天独啸子：《女娲石》，见《中国近代小说大系》，南昌：江西人民出版社 1988 年，第 522 页。

意向性却是唯一的，并且通过主体内部各项机制的运转，实现的是小说固有的叙事旨向。

可以说，无论是《女娲石》，还是先前所涉及的《新石头记》，甚至是《法螺先生传》、《乌托邦游记》等科幻和理想类叙事作品，其对历史和现下的模拟与戏仿，彰显出来的是晚清之际国族知识结构的打破、世界意识的新变与想象机制的建制过程。

## 三

文化的相互渗透及想象的双重建构，在晚清小说中也体现得尤为深刻。例如泰西与远东，常以地理、文化及政治多重意义，出现在清末的叙事文本中。《泰西历史演义》署名"洗红庵主"演说，原载于《绣像小说》，光绪二十九年（1903）五月至光绪三十年（1904）十月。光绪三十二年（1906）由商务印书馆出版单行本。[1] 所谓"泰西"，从字面意思看，也即极为遥远的西方之意，这与西方人以"远东"为亚洲等地区的称谓相类。而对以中央帝国自居并素有"怀柔远人"之美德的清帝国而言，"泰西"一词，在文化意义和国族想象上，都有着特殊的含义。在另一部纪实性较强的著作《初始泰西记》中所呈现出来的，则是近代中国派遣的第一个外交使团，对欧美各国进行的游历和记录，以外交使节的身份，对英国、丹麦、瑞典、美国、俄国等国家进行政治、经济、农业、市政等层面的考察，当然也不乏游历和感思成分，可以说，在这个过程中，是一种跨文化视野下的中西对照，而涉及带有叙事性质的作品《泰西历史演义》时，关于泰西的想象，则是以国族自身为视角，对泰西之历史进行重新梳理，也建构起对西方的认知与想象，这样的想象，一方面是设立一个重要的参照物，同时兼有乌托邦和仇敌性质，另一方面则是以此映衬和批

---

[1] 洗红庵主：《泰西历史演义》，见《中国近代小说大系》，南昌：江西人民出版社1988年。

判自我的贫乏与困顿。

小说中，采取的是以点带面的方式讲述历史，也即在重点叙述拿破仑个体的历史过程中，牵引出"欧罗巴"的战争史以及政治经济史，不仅在相互的呈现中，讲述历史的沉浮与个体的伟力，甚至人物的主体力量能够对历史的进程产生直接的影响。

在小说中，拿破仑可以说是借以想象泰西历史的媒介，此一重要的他者形象则主要通过以下三种情形与中国之自我形成勾连：其一是拿破仑的伟力与中国的贫弱形成映照，这一方面主要是将拿破仑与国内政坛人物的比对，如袁世凯、黄兴等人。其二是将拿破仑个人奋斗历史的沉浮与中国近代历史的跌宕形成接应。无论是拿破仑的贫病交加，还是在战场上的败战胜王，可以说都与清末中国的境况相照应。与其说小说演义的是"泰西历史"，不如说处处关切着中国命运的起伏跌宕。其三则是较为具体的旨向，也即拿破仑同样是在法国内忧外患的境况下，带领自己的国家和人民实现历史的突围，这同样映射出晚清中国之历史遭境。值得注意的是，在大肆渲染拿破仑的伟岸和壮烈的同时，可以强烈地体察到其中的焦虑和呼唤。更为重要的是，在如此这般的跨文化想象中，拿破仑的形象不断地被叙事者和国民所形构、所篡改。

不仅有上面重点解析《新石头记》、《女娲石》、《新中国未来记》、《泰西历史演义》等小说，事实上类似的还包括《乌托邦游记》、《新中国》、《新鼠史》等小说。其常常"以反写实的笔调，投射了最现实的家国危机，而且直指一代中国人想象、言说未来世界的方向及局限"①可以说，科幻小说、理想小说甚或是想象型的叙事作品，在晚清的中国尤其是都市上海是较为重要的题材，而天马行空、

① 王德威：《贾宝玉坐潜水艇——晚清科幻小说新论》，见《想象中国的方法——历史·小说·叙事》，生活·读书·新知三联书店，第46页。

光怪陆离的形式特性也颇受读者青睐，这也从一个较为经济的方面促进该类叙事文学的成长。值得注意的是，此类小说中几乎都会涉及与晚清的中国／上海相近、相似或相较的"历史"，并通过生存空间的转换、理想境界的构设，在新的历史境况甚或是国家想象中，经由小说形式的多重置换和转喻，敷衍出与现实历史紧密相连却又是背离迥异的文化意义。

## 第三节 从"现在"走向"未来"：
## 时间惶惑、理想叙事与小说的现代修辞

吴趼人在《李伯元传》中，曾指出李伯元的小说"以开智谲谏为宗旨"，"忧夫妇孺之梦梦不知时事也，撰为《庚子国变弹词》；恶夫仕途之鬼蜮百出也，撰为《官场现形记》；慨夫社会之同流合污，不知进化也，撰为《中国现在记》及《文明小史》、《活地狱》等书。每一脱稿，莫不受世人之欢迎，坊贾甚有以他人所撰之小说，假君名以出版者，其见重于社会可想矣。"[1] 李伯元的《中国现在记》，原载《时报》1904 年 6 月 12 日至 1904 年 11 月 30 日，共 12 回。根据吴沃尧所述，李伯元有感于官场、社会的污浊不堪，特别是深恶其"不知进化"，腐化堕落。因而撰写《中国现在记》，其目的也显而易见，即以痛绝之现在，催生"进化"之未来。

《中国现在记》一开始，就发出了疑问："你可晓得现在中国到了什么时候了？"[2] 寻求时间的确认，代表着晚近中国将何去何从的

---

① 吴沃尧：《李伯元传》，原载《月月小说》第一年第三号，1906 年 11 月出版，此处引自魏绍昌编《李伯元研究资料》，上海：上海古籍出版社 1980 年，第 12 页。
② 李伯元：《中国现在记》，引文见楔子，长沙：岳麓书社 1998 年。

历史性探索，这既是一种充满争议和困境的惶惑，同时也是一种建立在新的历史坐标中的现实探询。可以说，这样的疑问成了晚清小说的一个本源性的问题。接下来，作者通过几个人之间的对话，进一步探讨"中国"的时间性问题：

> 一个人说道："中国上下相蒙，内外隔绝，武以弓刀为重，文以帖括见长，原是个极腐败不堪的中国！"
>
> 在下答道："成事不说，既往不咎，这是过去之中国，你说他作甚？"
>
> 又有一个人说道："中国兴学通商，整军经武，照此下去，不难凌轹万国，雄视九州。"
>
> 在下又答道："成效无期，河清难俟，这是未来之中国，我等他不及。"①

从对话可见，焦灼之情溢于言表，人对于未来也失去了期待的耐性，而汲汲寻求的是现下的实实在在的变革和成效。但是值得注意的是，这里作者之意并不在于实用主义的急功近利，而是摈弃空想和空谈，意欲寻求事功层面的切实突破。

> 那两个人一齐说道："这又不是，那又不是，依你看了来，中国将无一而可的了。"
>
> 在下道："不然，不然！你我生今之时，处今之世，前不见古人，后不见来者，独立苍茫，怆然涕下。过去之中国，既不敢存鄙弃之心，未来之中国，亦岂绝无期望之念？"②

然而，对当是时中国的悲观失落，也令作者困惑不已，因而确乎只能以小说的方式，"以为将来消遣之助"，虽戏说只是权作消遣，但不可掩藏的是，在愤懑与失望之间，包括作者/叙事者在内的时人

---

①②李伯元：《中国现在记》，引文见楔子，长沙：岳麓书社 1988 年。

之一腔热血俨然穷愁末路。因而便开始抱怨："但是穷而在下，权不我操，虽抱着拨乱反正之心，与那论世知人之识，也不过空口说白话，谁来睬我？谁来理我？则何如消除世虑，爱惜精神，每逢酒后茶余，闲暇无事，走到瓜棚底下，与二三村老，指天划地，说古论今……"① 由愤世转而为厌世。在对时间的执念中，无法超脱出来，现在的泥淖过于深溺，因而无法展开对于未来的想象。因而也如小说题目所标示的，叙事以"现在"为维度。

小说中，老学究朱侍郎被一年轻后辈劳二瘸子以胞弟帖进见，大动肝火，怒责其长幼尊卑不分，有违传统纲常伦理。然而劳二瘸子却是振振有词，拎出《论语》小注中"四海之内，皆兄弟也"的古训。这里可以见出的是，朱侍郎固然是颇有些"顽固见识"，但其执尊卑之礼，固无大谬；然而劳二瘸子虽略带痞子气，但其宣扬的是"文明国的教化"，尤其是其提到的"大新学问家"对"中国四万万同胞"的称谓，将自然人纳入到国民的认同之中，强调的是彼此之间作为国民的平等，"我们同在这四万万人之内，你是这四万万当中一分子，我亦是四万万当中一分子，我同你并无贵贱之分"，最后甚至讲到自己所享有的"自由之权"，"不特老年伯管不得，就是朝廷也管不得"，劳二瘸子之论似乎也不无道理。问题就在于，在跨文化的语境下，各种话语系统之间发生了龃龉，而朱侍郎与劳二瘸子之间所指示的两套截然不同的价值体系，也在这里发生了冲撞，而且从两人的言说对峙中，也能映射出传统伦理与新式教育以及民族国家意识之间，扞格颇深。这是问题的一个方面，从劳二瘸子的话中可见，尽管他与朱侍郎之间似乎水火不容，然而在其知识系统内，传统与现代在一定程度上还是可以并存的，"总而言之，称同胞者，乃是世界上的公例，仍认年谊者，乃是个人的私情。"② 由此可见，国际公例的引入与传

① 李伯元：《中国现在记》，引文见楔子，长沙：岳麓书社1988年。
② 李伯元：《中国现在记》第一回，见《中国近代小说大系》，南昌：江西人民出版社1988年。

统的个人私情之间，并不存在太大的鸿沟。也就是说，当个体被置于世界性的思潮之中时，一种新的话语于焉形成并且毫无阻滞地生发出来，究其原因，是其可以与以朱四郎为代表的传统势力进行对抗，与此同时，又将形成个体新的思想信念与精神机制。

同样的情形，还发生在之后的另一个年轻人黄仲文身上。"然而一时有一时的人物，一时有一时的学问，现在五洲万国正当竞争的时代，极应该发明新理，另外辟一世界，做一个顶天立地的人，何必定要学古人一样呢？若是处处忘不了古人，便是守旧之见，执而不化，那是一辈子做不出事业，不能自立的。"① 指示的仍是一种"现在"的状态，尤其是"一时有一时"的说法，更是与后来的胡适和王国维相呼应，值得注意的是，这当然体现的是一种朴素的进化论观念，是根植于"现在"而生发出的进化意识，而且，如是这般的话语，还以一种跨文化的姿态呈现出来，尤其是以"五洲"为参照，指出不同文化之间的竞争和淘汰，以此冲击传统势力坚固的堡垒，不仅从国家民族的层面，而且从个人修身自立的层面加以阐说。小说便是以传统与现代、中国与西方、青年与老朽之间的尖锐对立，从中寻求和建构起新的话语体系，从而令"现在"之中国，得以摆脱传统的困囿，同时又可以建立起"未来"的维度。对晚清而言，所谓的中国之"现在"，也就是陈平原所言的"选择的困惑"，主要体现在"旧文化与新文化的对立、传统文化与外来文化的对立和正统文化（儒）与非正统文化（佛、道）的对立这三个互有联系的层面上"。② 回到李伯元的《中国现在记》，作者所选择的"现在"是在清末维新之际，守旧与趋新的势力之间的拉扯，尤其是重点展现了朱侍郎作为一个顽固的守旧派，在遭受外来文化和维新思潮冲击时的内心状态。"他生平最

---

① 李伯元：《中国现在记》第三回，长沙：岳麓书社 1988 年。

② 陈平原：《中国现代小说的起点——晚清小说研究》，北京：北京大学出版社 2005 年，第199 页。

恨的是外国人的东西，平时不穿洋布，不点洋灯。据他自己说起，连着从前下场的时候，点的蜡烛都是牛油的，洋蜡烛是从来没有点过，人家问他，何以恨洋人到这步田地呢？他说，这件事是发于天性的，连他自己也不晓得所以然。"① 也就是说，中国的传统思维和旧式感觉已经深入到了他的骨子里，甚至成为了他的无意识。然而，令他举步维艰的则是中国的"现在"，这是一个令他感到惶恐和困惑的现下时间，既是未知的文化样态，同时也是与传统中国和人物内心不断发生碰撞龃龉之所在。

事实上，《中国现在记》涉及最多的，还是官场的腐化与糜烂，而诸如安尊荣、伏世仁等人腐败的官场史、堕落的家庭以及个体沉沦，同样是晚清小说的重要命题；然而这里却生发出了另一个维度，那就是"现在"，也就是说，谴责之笔法与揭露之态度，针对的是当下的政治与社会怪现象，而其背后的宏旨则在于开启未来的期许。这是问题的一个方面，另外，"现在"的时间感无疑是沉重而焦灼的，如是这般的叙事先导乃至意识认同，更是形成了晚清小说叙事的重要维度。

梁启超的《新中国未来记》，开了中国现代政治小说的先河，其事实上正好对应的是清末维新变法思潮，譬如，"清廷于 1905 年派五大臣出国考察政治，就是走的小说中黄克强、李去病所走过的道路；1907 年'立宪诏书'的颁布，更不能低估梁启超的鼓吹推动之力。"② 那么，小说中的未来语境——西历二千零六十二年（即 1962 年）岁次壬寅，维新五十年庆典开始，往前倒叙的是 1902 年以来的中国历史，尤其是维新变法时期的历史状貌。其指示的便是当是时小说写作的现在时间，也就是作者置身于斯的真实历史时间，在此基础上，

---

①李伯元：《中国现在记》第二回，见《中国近代小说大系》，南昌：江西人民出版社 1988 年。
②欧阳健：《晚清小说史》，引自中国小说史丛书，杭州：浙江古籍出版社 1997 年。第 21 页。

以未来为维度演绎当下，如是这般的文本叙事，在晚清的小说中，比比皆是。如陆士谔的《新中国》、《未来世界》、《新纪元》等，未来的乌托邦图景的描述，实际上对应的是现下的政治旨向与社会意识，对意识形态构成了撑持和补充。一方面是现行政治纲目和意识形态理念的延伸，另一方面也是一种现实状态的缺失以及补偿式的理想状态之构建。譬如在小说中所指出的，"凡做一国大事，岂必定要靠政府当道几个有权有势的人吗？你看自古英雄豪杰，那一个不是自己造出自己的位置来？就是一国的势力，一国的地位，也全靠一国的人民自己去造他，才能够得的；若一味望政府望当道，政府当道不肯做，自己便束手无策，坐以待毙了，岂不是自暴自弃，把人类的资格都辱没了吗？"①可以说，尊崇君主立宪的梁启超，并没有将希望完全寄托在君王以及权力集团身上，这与梁氏所提倡的民智多有对应，很明显，小说即为其治国理念和政治思想的映射。而这段话的最后，则是将事情提到了一个世界和人类的高度，也就是政治上的作为与国家福利的造就，如果不能靠己身之力量加以实现，那么将辱没"人类的资格"，并于世界人的行列中遭受耻辱。

值得注意的是，小说中所讲的维新变法，意欲将现实并入既定的历史之中，并将其合法化并进一步经典化，而未来的乌托邦景象则被推至近景，并将其设定为已然实现的现实样态，如是混淆了过去、现在和未来的叙事方式，背后的意识形态功用，折射出来的，是急功近利的政治需求和进化论视野下优胜劣汰的精神焦灼。更为重要之处在于，小说以未来充当现实，在回想过去／历史中，将现实理想化的叙事方式展示出来。事实上所体现出来的，是跨文化语境下晚清小说在处理现代时间所采用的叙事尝试。尤其是小说中，万国朝拜——英国和日本的皇帝皇后，俄国、菲律宾、匈牙利等国的大统领及其夫人均

---

① 梁启超：《新中国未来记》，桂林：广西师范大学出版社 2008 年。

到场庆贺朝拜，实际上是以未来的向度，重新置换晚清帝国的盛世图景，进而复归天朝中心论。其中包括，中华文明得以发扬光大，清帝国重返轴心国行列，海纳百川国威大震。而这样的未来想象，便需要对时间进行挪移和变更。而这样的情况，小说无所不能的叙事与想象也是适得其所，因为叙事可以拓展和压缩时间，也可以让时间发生前移或者后撤。

《新中国未来记》饶有意味之处，在一开始就显露了出来。其以孔老夫子讲史开端，颇具意味。外国人来听史，见证中国的更迭。心病还须心药医，这样的巨变，叙事者显然试图通过外部世界，尤其是"曾经"骑在中国头上的列强的见证来想象性地为现下之中国雪耻。可以说，如何解开晚清小说叙事者内心的"情结"性构思，梁启超提出了一种想象式的解决办法，那就是让系铃之人——即外国列强来解铃。然而这样的处理方法，如果置于当是时的历史境况中，这是一种愿景式的构设，事实上更是显露在外的焦虑与困惑。或许后者的提示，更能体现出晚清小说作者的哀愁、悲愤与集体无意识的欲望。

从这一方面而言，《新中国未来记》这种通过想象和重构的方式，试图扭转乾坤的叙事，恰恰反衬出现实的无力与失落。这是问题的一个方面，另外，如是这般的形式体现，更代表着意识形态构想的延续和期许，结合晚清的历史语境，则是在变革与革命的纠葛龃龉中的叙事干预。尽管文本世界中的场景多少显得虚无缥缈，但原本政治意识形态所要呈现的，就是那么一个遥不可及的社会理想境界，其所设定的纲领、理念、政策等，与当下中国的困境存在着某种关联和互动。

"中国小说之不发达，犹有一因，即喜录陈言，故看一二部，其他可类推，以至终无进步，可慨可慨！然补救之方，必自输入政治小说、侦探小说、科学小说始。盖中国小说中，全无此三者性质；

而此三者，尤为小说全体之关键也。"①在晚清新的历史想象以及寄寓其间的新的时间序列中，小说叙事如果需要突破陈规，那么政治小说、侦探小说以及科学小说可以为其注入新的因素，从而令其释放出新的活力。因而，这里所讨论的《中国现在记》、《新中国未来记》，包括陆士谔的《新中国》、碧荷馆主人的《新纪元》等，以及接下来要讨论到《中国进化小史》等小说，或以新的政治想象和政治议论结构全篇，或以新的观念意识如进化论等渗入叙事行为之中，又或是以对时间的困惑、犹疑与打破作为小说意旨的内在纹理。所指示的，便是晚清的中国在跨文化语境中的焦虑与缓解焦虑的叙事形式，而从"现在"走向"未来"的文本展现中，对时间的惶惑，对家国理想的执拗，与小说的形式修辞本身，有着深刻而内在的契合。

---

① 定一：《小说丛话》，见《新小说》15号，1905年。

# 结 语

## 现代中国"进化"记：
## 以《中国进化小史》作结

从《中国现在记》、《新中国未来记》到现在所要谈及的《中国进化小史》，可以说其中所呈现出来的，是晚清小说中的时间意识和进化观念，尤其是集中于"现在"与"未来"及其所指示的传统中国、现代中国和理想中国的区隔与关联，以此揭示晚清小说的叙事语态及修辞形式，尤其是在对时间应该将中国置于何种历史，又将走向何种未来，由此生发出来的现下中国与理想中国的内在龃龉，共同构成了晚清小说叙事的内在动力。

《中国进化小史》作为"社会小说"之一种，作者署名燕市狗屠，为未完稿，全书只有两回。原载《月月小说》第 1 号，光绪三十二年（1906）年出版。小说开端，即谈及"进步是由野蛮而之文明，进化是由今天到了明天"[①]叙事者有感于历史的曲折变化，指出文明与野蛮之分，而对今天与明天之"进化"与否，则持极为谨慎的态度。也就是说，作为晚清文学与知识界的关键词之一的"进化"，与时间之先后并无固然的联系，但是两者之间却往往相提并论，一方面是历史进程与政治革新的迫切需求，另一方面也是人心所向的精神意旨，也即在焦虑中的"缺失——补偿"的心理机制的形成。在这里，有必要录下小说中的一段重要的话：

---

① 燕市狗屠：《中国进化小史》第一回，见《中国近代小说大系》，第 5 页。

在下还记得戊戌以前，在书房里时，听见有人说什么"洋务"，便觉得新奇的了不得，觉得这个时候的中国，已经不是从前的中国了。这便算是中国进化的第一级。到了戊戌以后，又听见人说什么"康党"，什么"维新党"，又看见了什么"清议报"，也晓得什么"老大支那"、"烟士披里纯"这些名词了。这便算做中国进化的第二级。到了庚子以后，那知识越发的增长了，那思想也越发发达了，便晓得什么老大政府是靠不住的了，便晓得什么瓜分豆剖、灭种亡国的痛惨了，又听见了些什么"革命"、"排满"那些议论。这个时候，只觉满腔子热血无处发泄，一颗好头颅也没处送，真有那"顶天立地奇男子，要把乾坤扭转来"的气概。这便算作中国进化的第三级。看官，不要说在下所举的不过一个人，不足以例中国，要晓得国家是人民集合成的，人民就国家的小体。那时间，那一班维新的志士，革命的党人，他那胸襟肺腑，学术识见，虽说有深有浅，有高有低，但是就在下看起来，也不过与在下所说的相去百步五十步罢了。所以到了今天有的做了什么外国的状元，有的叫做什么洋大人，也都是顶子翎子的了，也都是"来呀！来呀！"的了，也都有姨太太了，也都晓得中国事难办了，也有些怕烦了，也有些厌见客了，也晓得不革命的好了。看官，这难道说不算做中国进化的第四级吗？再到了街上，便看见了许多拿枪持棒的警察，衙门里也有了许多短装佩刀的大人老爷，学堂里也添了许多出过东洋的教习，玩笑场中也添了许多穿西装的朋友，婊子帮中也添了许多懂外国话的姑娘，这都是他们吸取外邦文明输入中国的效果。看官，这就是中国进化的第五级。①

可以说，现代中国的跨文化历程，更多带来的只是名词的变动，由以上所引用的文字可见，从中国历史"进化"的第一级到第五级，

---

①燕市狗屠：《中国进化小史》第一回，见《中国近代小说大系》，第5页。

其中所触及的名词与其所释放出来社会现实层面的意义，落差甚大；而更为突出的地方，还在于"进化"的过程包裹着的污秽和肮脏，也就是说，中国在 "进化"，而实质性的变革却举步维艰，名与实之间的落差和扞格，所在颇深。这样的落差，成了晚清中国叙事文学的驱动力，同时也成了晚清的小说叙事在理想与现实之间拉扯的张力所在。这个有着长篇的旨归却因种种原因无疾而终的小说，与晚清的许多叙事作品一样，还是以揭露和批判为主，具体到《中国进化小史》，则主要兼及学堂、军队、官场等场域，以谴责为叙事的核心，其意欲通过当下的昏暗与曲折，指示出现代中国在 "进化"之轨道中的演进。

如果综合晚清小说中的类型和题材，其中所汲汲追索之"进化"，最为重要的表征，即为不同文化间的认同与排斥、世界性想象空间与符号系统的建构以及世俗生活与物质现实的精神牵引。对于晚清中国而言，现代性社会所含纳的商业、租界（制度、法规、建筑、国家机器等）、人群（洋人、留学生等）、阶层、建筑、娱乐、教育、宗教等层面的内容，都沾染上了种种跨文化的色彩，这一点可以从本书对小说的诸种类型如谴责小说、烟粉小说、历史小说、世情小说以及科幻小说等所作出的分析和揭示中得知，而时代欲望与个体意识之间的关联，也通过认知系统的重构和情感心理的依托，提供了种种显在的和潜在的可能性。

然而，这里需要指出的还在于，"进化"寄寓了期许和冀望，同时也固然也会带来心理焦虑和精神撕扯。这种焦虑感的产生不仅来自中国内部历史现实和文化精神的缺失，而且在跨文化的视野下，异文化所带来的政治、经济、教育、科技等层面的落差，更形成了关于"补偿"和"缺失" 的内心拉锯。如是这般的来自横向（中外）和纵向（古今）的比较，在相互的甄别与对照中，产生了忧虑和焦灼，于是在晚清的小说叙事中，便滋生了"优"与"劣"的认同以及停滞

/ 退化与"进化"的纠葛，因而在文本世界中便产生了极为浓重的现实批判和精神重构意味。静恬主人在《金石缘序》中说："小说何为而作也？曰以劝善也，以惩恶也。夫书之足以劝惩者，莫过于经史，而义理艰深，难令家喻而户晓，反不若稗官野史福善祸淫之理悉备，忠佞贞邪之报昭然，能使人触目儆心，如听晨钟，如闻因果，其于世道人心不为无补也。"① 这里提到了小说劝诫人心的优势所在，如果将这样的功能性和目的性置于一种跨文化的语境当中，可以发现，立足于内部的道德和伦理省察，实际上是与外部异文化的对接是相辅相成的，甚至正后者的存在，才使得老大帝国从内部产生了瓦解和崩塌。这也反映了，在民族国家形成的过程中，异文化的冲击和融入也是必不可少的因素，甚至是根本性的原因之一。因而，跨文化对晚清的小说形成了不同文化间的激荡，也生发出了本在文化的省思，这并非只是二元对立的提法，如果将其置于一种世界性的跨文化的视角来考察，那么这种缺失与补偿、民族国家与都市上海的现代性体验，例如《九尾龟》、《留东外史》的写作，与其说是一种劝诫和讽刺，还不如将其理解为借劝讽而别有他指，或与读者形成同谋，或达成欲望的满足，而劝诫只是问题的表面。这其中也表征出了晚清的历史语境下独特的世俗伦理，寄寓其间的新的生存需求和欲望纾解，更是将边缘的朽坏的嫖界生活加以扭转而使其纳入历史的轨迹，完成与时代欲望的共谋。这其中也同样涉及朴素状态下的民族国家情感和国民精神探讨。

关于这一点，在《新中国未来记》的第五回，写到黄克强与李去病往张园参加上海志士会议，商讨对俄政策，却发现与会者中，"有把辫子剪去，却穿着长衫马褂的；有浑身西装，却把辫子垂下来的……还有好些年轻女人，身上都是上海家常的淡素妆束，脚下却

---

① 转引自黄霖编：《中国历代小说论著选》（上），南昌：江西人民出版社 1982 年，第 429 页。

个个都登着一对洋式皮鞋，眼上还个个挂着一副金丝眼镜，额前的短发，约有两寸来长，几乎盖到眉毛"。[①] 这些是那个在政治上和历史上青黄不接的年代中，映衬在人们日常生活中的物镜。这样的景象，是古与今、中与西、维新与守旧的杂糅，而这也便是在跨文化的境域中才会产生的。因而，所谓跨文化，并非一种空无的历史想象，也不单单是思想的繁复芜杂，其往往表征到生活的实况与内在的心理和精神状态，与此同时也呈现于晚清小说叙事的话语符号之中。

总而言之，本书将晚清的小说——这里主要谈及的是小说，也包括以上海为背景呈现都市上海状貌或在上海报刊中连载、刊行的叙事作品——分为五个部分，即谴责小说、烟粉/狭邪小说、历史小说、世情小说、理想小说等加以讨论，目的则在于对这一时段的小说在题材内容和形式上的契合和区隔进行深入的探讨。

对时间的重新发现与组合，是晚清小说叙事的重要依托/依据，围绕着现代中国的传统、当下与理想之未来所生发出来的焦灼、苦痛、狂欢、安稳、躁动等，在小说中通过人物的言辞动作、情节结构的假设以及更为具体的语言形式和交互形式，得以尽可能丰富地呈现。很显然，综观晚清的历史，在该时段的小说文本世界中所指示出来的，往往是历史在行进但却没有带来文明的进化，尤其是在跨文化的对照、纠葛和融汇中，这样的困惑和窘境体现得尤为明显，这可以说成为了小说叙事的原动力，同时也代表着集体无意识的欲望显现。正如小说中所言，1906年，科举刚废，新学兴起的时代，"现在科举是废了，将来出身总在学堂里了"。[②] 无论是晚清小说中频繁涉及的"现在"与"将来"的困惑和指向，还是寄寓其间的或物质或精神的追逐、探求，尤其是在跨文化的语境中，古与今、中与西等层面的现

---

① 梁启超：《新中国未来记》第五回，桂林：广西师范大学出版社 2008 年。

② 梁启超：《新中国未来记》，桂林：广西师范大学出版社 2008 年，第 7 页。

实时间与叙事时间的交织，具备了多重的历史蕴含与现代性显现：一方面是历史发展进程中的日常时间，指示着官场、情场、商场、生活场等层面的正常运转，一方面则是政治、思想和文化所期许的变革的与未来的时间，以及变革之"名"与现下之"实"的扞格中所彰显的文本世界中的叙事时间。可以说，如是这般时间的演进以及演进中的曲折，都随着历史的变动和叙事的旨归，在小说的文本世界中充分展示了出来。